THE TALE of Angelino Brown

布朗家的小天使

THE TALE of
Angelino
Brown

布朗家的小天使

［英］大卫·阿尔蒙德 ◉ 著
［英］亚历克斯·T. 史密斯 ◉ 绘
杨文娟 ◉ 译

北京联合出版公司
Beijing United Publishing Co.,Ltd.

图书在版编目（CIP）数据

布朗家的小天使 /（英）大卫·阿尔蒙德著；（英）亚历克斯·T. 史密斯绘；杨文娟译. — 北京 : 北京联合出版公司，2021.5
 ISBN 978-7-5596-5206-5

Ⅰ. ①布… Ⅱ. ①大… ②亚… ③杨… Ⅲ. ①儿童小说－中篇小说－英国－现代 Ⅳ. ① I561.84

中国版本图书馆CIP数据核字（2021）第 061604 号

THE TALE OF ANGELINO BROWN
Text © 2017 David Almond (UK) Ltd.
Illustrations © 2017 Alex T. Smith
Published by arrangement with Walker Books Limited, London SE11 5HJ.
Simplified Chinese translation copyright © 2021 by Beijing Tianlue Books Co., Ltd.
All rights reserved. No part of this book may be reproduced, transmitted, broadcast or stored in an information retrieval system in any form or by any means, graphic, electronic or mechanical, including photocopying, taping and recording, without prior written permission from the publisher.

布朗家的小天使

著　　者：[英] 大卫·阿尔蒙德
绘　　者：[英] 亚历克斯·T. 史密斯
译　　者：杨文娟
出 品 人：赵红仕
选题策划：北京天略图书有限公司
责任编辑：张　萌
特约编辑：罗盈莹
责任校对：钱凯悦
装帧设计：可可新

北京联合出版公司出版
（北京市西城区德外大街83号楼9层　100088）
北京联合天畅文化传播公司发行
北京盛通印刷股份有限公司印刷　新华书店经销
字数118千字　889毫米×1194毫米　1/32　8.5印张
2021年5月第1版　2021年5月第1次印刷
ISBN 978-7-5596-5206-5
定价：29.00元

版权所有　侵权必究
未经许可，不得以任何方式复制或抄袭本书部分或全部内容。
本书若有质量问题，请与本公司图书销售中心联系调换。
电话：010-65868687 010-64258472-800

献给凯瑟琳·克拉克。
—— 大卫·阿尔蒙德

献给我的美术老师帕姆·古德温,感谢您带给我的所有灵感和鼓励。
—— 亚历克斯·T. 史密斯

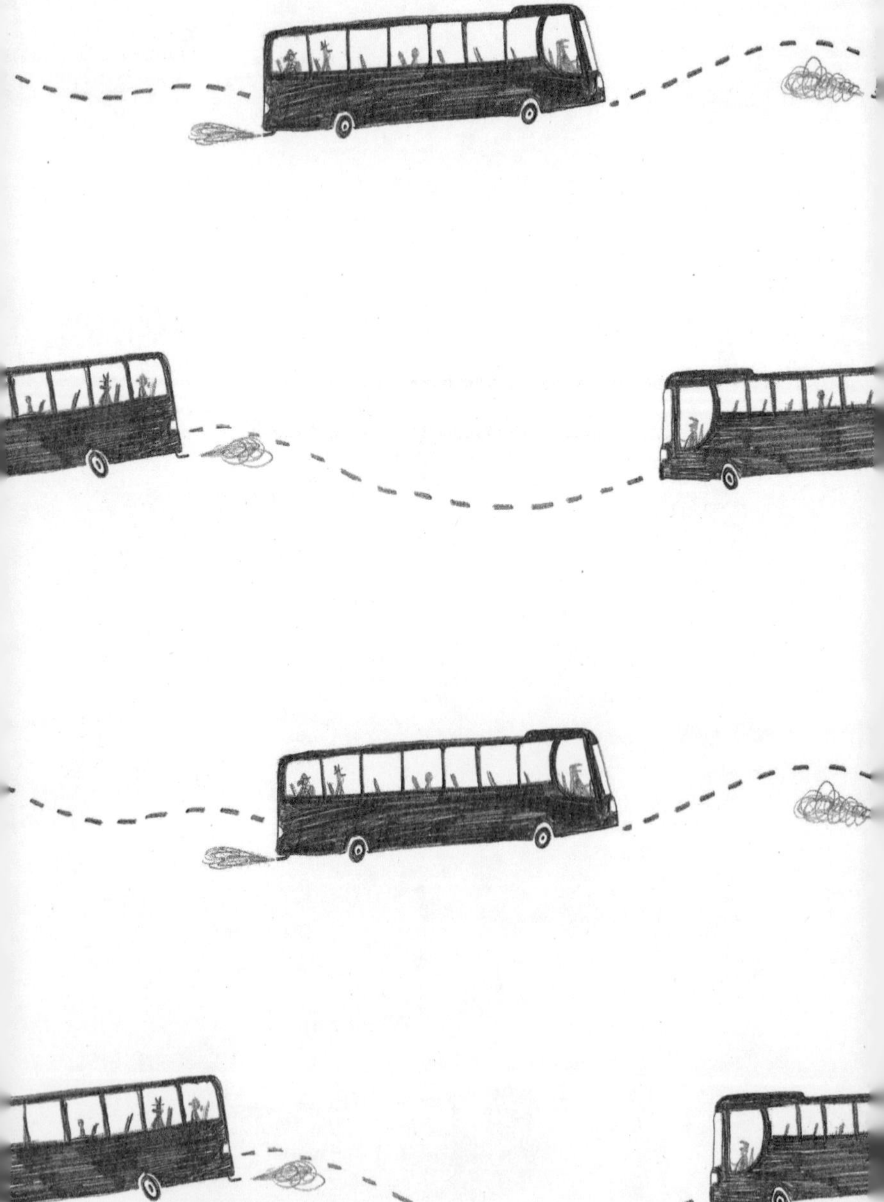

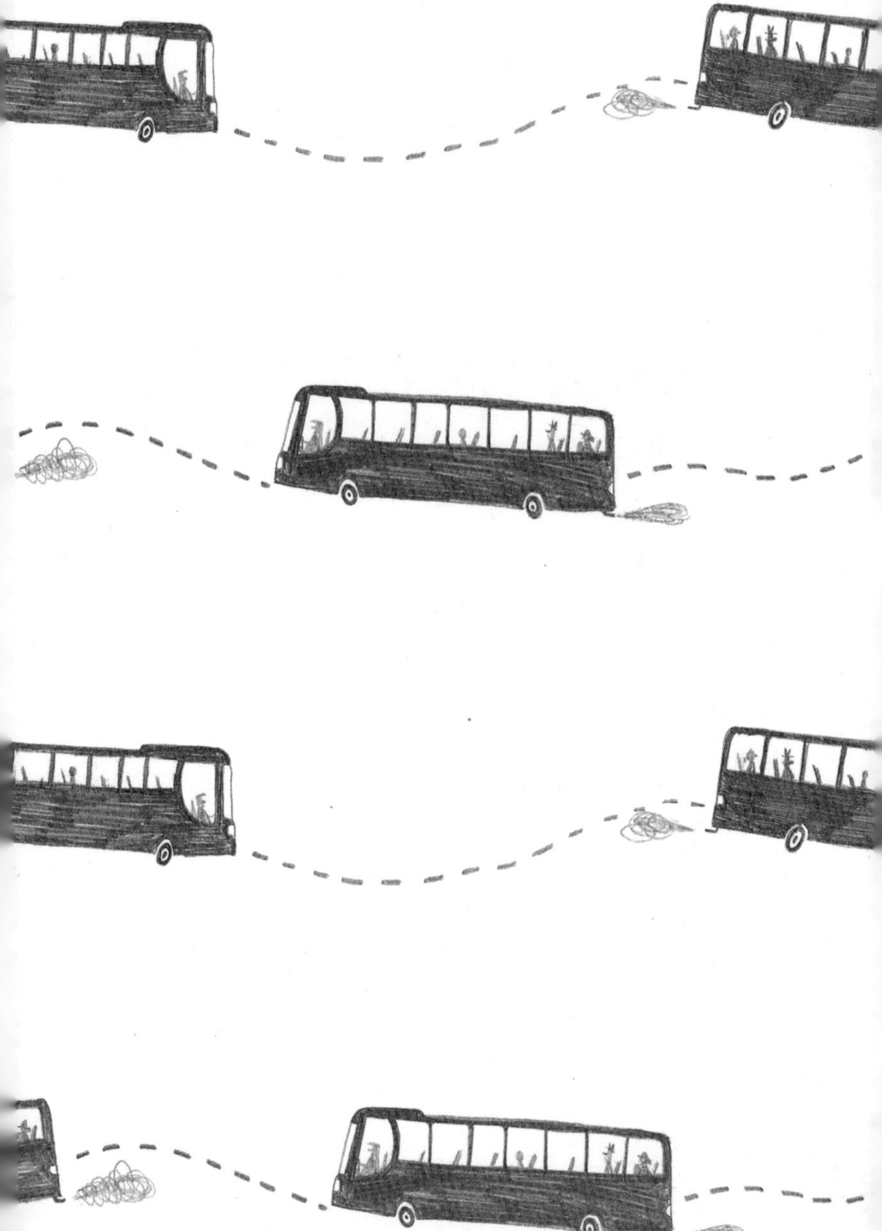

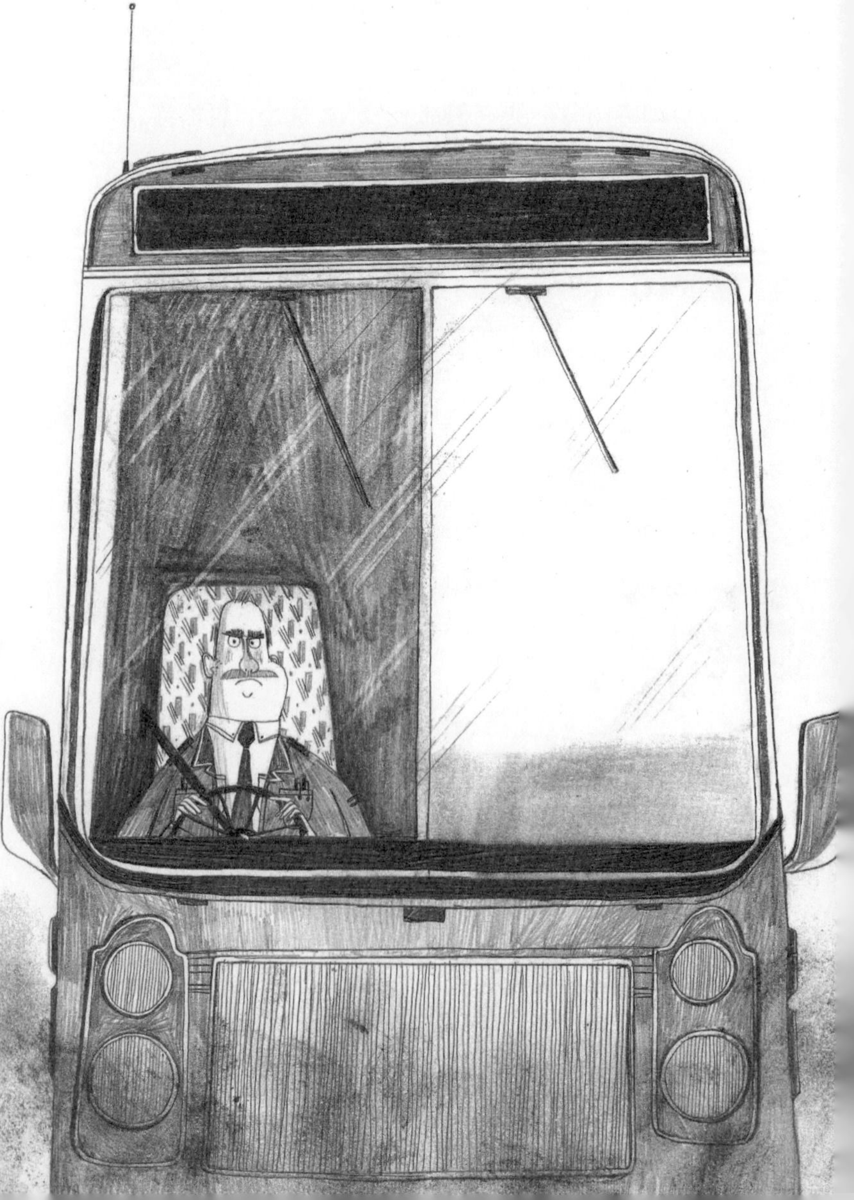

1

故事开始了。乘客们都上车了。这是司机伯特，正在他的公共汽车上。十年来，他在同一条路线上开着同一辆公共汽车。十年！这比我们一些人活过的年头还要长！在那之前的十年里，他在镇子的另一边沿着另一条路线开着另一辆公共汽车。我知道有些人喜欢开公共汽车。也许你就喜欢。也许伯特刚开始也喜欢，回想起那段遥远的日子，那时他年轻、头脑灵活，对生活充满希望。但现在不。哦不，现在不！伯特伦·布朗[①]先生已经受够了。这是怎样的一种生活方式啊！发动、停车，发动、停车，发动、停车，发动、停车；刹车呼哧响，车门嘎吱叫，引擎在振动。红绿灯、堵车、路障、修路，刺眼的阳光，雾和水坑，冰和大雪。

还有公共汽车站！公共汽车站的意义何在？人们在那里等车，所有人都伸长手臂挥舞！"司机，在这

[①]伯特的全名。——编者注

儿停！让我们上车！"乘客！是谁发明了乘客？拄着拐棍的老太太们，双手颤抖、流着口水、身上臭烘烘的老头子们，带着哭闹的孩子或抱着吐着口水的婴儿的晕头转向的妈妈们。轮椅、购物袋、婴儿车和大包小包的东西塞满了车厢。小伙子们带着他们的姑娘，姑娘们带着她们的小伙子，他们温柔对视、**细语呢喃**、十指紧扣。

还有孩子！孩子！别让伯特说起孩子！到底是谁发明了**孩子**？厚脸皮的流着鼻涕的生物！"先生，就收我们十便士吧！我的钱掉进阴沟里了，先生！我没到十五岁，我只有八岁！[①]停车，我想要尿尿！停车，我要……"孩子，他们有什么用？

见鬼，他又到了圣蒙哥站。那些小破孩又来了。"一个一个来！保持秩序！坐下来！不要傻笑了！别吵了！不要闹！"孩子！应该把他们锁起来，再扔掉那该死的钥匙！孩子！"闭嘴！坐下来！**坐好！**"

还好这一切快要结束了。伯特越来越老了。看看他，头发几乎都掉光了，他很快就要退休了。终于要

[①]在英国，十五岁及以下的儿童及青少年享有免费乘坐公共汽车的权利。——编者注

解放了！老伯特不用再开车了。不再有公共汽车站！没有乘客！没有孩子！没有厚脸皮的小破孩！

等等！这是什么？怎么回事？伯特的胸口传来一阵颤动！他开始摇摇晃晃，全身不听使唤！他的外套变得越来越紧。他几乎无法呼吸。他头晕目眩，心跳像擂鼓一样，**怦怦怦，怦怦怦**！一定是心脏病发作！伯特那该死的心脏病发作了！

伯特使劲踩下刹车。公共汽车打着转停在一个没有公共汽车站的地方。"怎么回事，伯特？"乘客们叫嚷着，"这里根本没有站！我们还要赶着回家，我们还要赶着干活！车轮子不转了……"

叫救护车！伯特想大喊，但是他说不出话来。胸口处的颤动越来越快，他的心跳越来越剧烈，他的外套越来越紧。

就这样了！伯特想。

他关了引擎。乘客们在高声叫喊，但他什么都听不

到了。

一切都归于寂静：美好而奇妙的寂静。

这就是我的结局！伯特想，再见了，亲爱的世界！

等一下。他的心脏还在怦怦乱跳，他的脑袋还迷迷糊糊的，但他感觉不到一丁点疼痛。这不是心脏病发作。绝对不是。终于松了一口气。呼！那到底是**怎么回事**呢？噢！有什么东西在他胸前的口袋里。除了钢笔和时间表，口袋里还有个什么东西。会动的东西。他把手伸进去摸索着。真见鬼！这个在他的口袋里上蹿下跳的小东西是什么？

他把它掏了出来，举高。它是活的！

它站在他的手上。它长着翅膀，穿着像白裙子的衣服。**它不会是……是吗？**

"那是什么？"

一个穿着黄色针织衫和黄色牛仔裤的女孩走了过来，站在驾驶座旁，完全无视她头顶上的标志牌——

禁止

与司机交谈

或分散司机的注意力

"那是什么?"她说。

伯特皱了皱眉。

"没什么。"他说。

"不对,它是……"

"坐回去!" 他说。

他盯着手里的东西,它和他对视着。**它是!** 它是一个天使。

他把它放回了胸前的口袋里。

"发生了什么事,司机?"坐在后排的一个人大声问。

"引擎有点小问题。"伯特大声说,"不必惊慌!"

他再次发动引擎。

"他[①]叫什么**名字**?"小女孩说。

"谁的名字?"

"他的名字。"

她指着伯特的口袋。那个天使在里面动来动去。

"他是你的儿子吗?"她说。

[①]原文中把安吉利诺看作小天使时,会用it(它)来表示,把安吉利诺看作小男孩时则用he(他)。——编者注

"我没有儿子!"伯特厉声说。

"**你有!就在那里!在你的口袋里!**"

"你,坐好,不然就把你赶下车。"

那个女孩坐了回去,但她一直盯着伯特。

伯特感觉到天使在他的心脏旁扇着翅膀。在第一个红绿灯处,他偷瞄了下口袋,发现两只亮晶晶的小眼睛也在偷瞄他。

"我要把你带回家给贝蒂。"伯特小声说,"她知道该怎么做。"

"司机,快点开车!"有人大叫道。

绿灯亮了,伯特开着车,穿过一条条街道,驶向终点站。乘客们上车、下车,他收钱、找钱。他没有抱怨一句,而是礼貌地说着"请"和"谢谢"。

"他今天怎么啦?"有个女乘客悄声说。

"他老了。"她的女伴拍了下她的头,给她使了个眼色。"没有棱角了。"她说。

她们俩咯咯笑着。

"可怜的老伯特。"她们说。

"我要在这儿下车啦。"那个穿黄色衣服的女孩说。

"那就下吧。"伯特说。

"这是一颗宝石糖。"她说。

"一颗什么?"

"给你儿子的。"

伯特瞪着她,她呵呵笑着。这时,一只小手从伯特的口袋里伸了出来,女孩把糖放到了那只小手里,然后那只拿着糖的手缩了回去。女孩又笑了。

"**他好可爱!**"她说。

"下车!"伯特喝道。

她下了车,挥手道别。

"再见!"她大声说,"我的名字叫南希·米勒。"

伯特继续开着车。他的口袋里现在很安静。他偷瞄了一眼,看见那个天使正舔着糖果。它似乎还哼着小曲,伯特也情不自禁地跟着哼了起来。

最后,车几乎空了。快到终点站了,只剩下一个年轻男子在车上,他穿着一身黑,戴着墨镜,留着黑

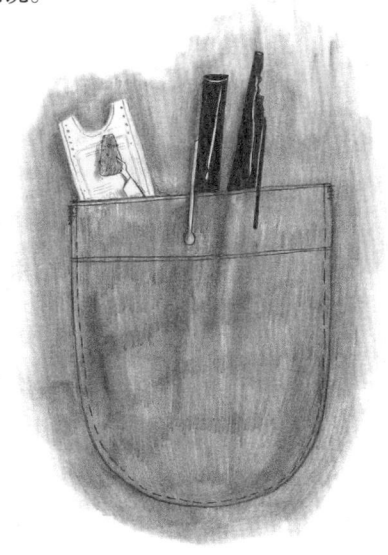

胡子。

他站在车门旁,等待下车。伯特踩了刹车,车门开了。

"终点站到了。"伯特说。

那个人站着没动。

"终点站到了,伙计。"伯特又说。

"你那里装着什么?"那个人问。

他指着伯特的口袋。

"没什么,"伯特说,"你该下车了。"

那个人下了车,眼睛却一直盯着汽车,看着车门关上,看着车走远。

"烦人的乘客!"伯特咕哝道。

车继续往前行驶。

那个黑衣人从口袋里掏出手机,拨通了一个号码。

"老板,是我。"他说,"我刚才看见了一个东西,可能正是我们感兴趣的。"

2

车厢里空荡且寂静。天色渐暗。伯特一边跟着小天使哼歌,一边把车驶入停车场。

他的同事已经在那里等他了。他们想跟他一起去喝一杯。他们经常一起去"巴士司机之家"酒吧,在那里他们可以尽情地抱怨堵车、公共汽车站、乘客和讨人厌的孩子们。

"不了,谢谢,伙计们,"伯特说,"今晚不行。"

"怎么了,伯特?"他最好的朋友山姆说。

"没什么,山姆。"伯特说。

他的同事们看着他离开停车场。

"他今天很反常,"山姆说,"平时他最会吐槽了。"

伯特往家走去。天空布满了橙色和红色的霞光,星星在地平线上最黑暗的地方闪耀着。他穿过公园。月亮升起来了,月光洒在他身上。伯特停下了脚步。他把天使从口袋里拿出来,让它再次站在他的手上。

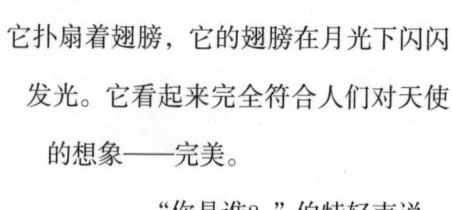

它扑扇着翅膀,它的翅膀在月光下闪闪发光。它看起来完全符合人们对天使的想象——完美。

"你是谁?"伯特轻声说。

天使看着伯特,好像一点头绪也没有。它指了指口袋,然后沿着伯特的袖子向口袋爬去。伯特助它顺利往上爬,等天使跳进口袋后,他整理了下口袋。他继续往家走,走进售票员路,穿过一扇门,进入他那座小小的连栋房屋,门牌号15。

"你好,亲爱的!"他一进门,贝蒂就叫道。

她过来吻了他一下。

"今天过得好吗?"她说。

"还可以,"他说,"我发现了这个,贝蒂。"

他把天使拿出来,放到了餐桌上,放在插着雏菊的花瓶旁边。它站在那里,抬头看着他们。

"这是个天使。"贝蒂说。

"我知道。它在我的口袋里。"

"它是怎么跑**进去**的？"

伯特耸了耸肩。天使舔了下自己的手指。

"不知道。"伯特说。

"他真好看。"贝蒂说。

"是吗？"

"当然了。你看看他的样子。"

"我想是的。"伯特说。

"他会做什么事吗？"贝蒂说。

"比如呢？"

"他会说话吗？会飞吗？或者会别的什么吗？"

"我不知道。我才认识他没多久。他会哼歌。"

"你觉得他喜欢吃薯条吗？"

"你可以给他试试。他绝对喜欢宝石糖。"

"我还要给他煎个鸡蛋，如何？"

"好主意。"

贝蒂走到灶前，把平底锅放了上去。

"你觉得我们应该告诉其他人吗？"她高声说。

"比如谁？"

"比如警察之类的。也许他是走失了的。"

"我看看报纸,嗯?"

"啊,对,那里也许有线索,伯特。"

伯特坐在椅子上,翻开报纸。报纸上总是有关于战争和爆炸事件、英格兰西南部一年比一年严重的风暴灾害,以及孩子们在寻找根本不存在的工作的新闻。首相夫人刚在慈善商店买了一件漂亮的礼服,她说只要大家齐心协力,就能克服一切困难。一只海龟预测了下一届世界杯足球赛的冠军获得者。但是一个失踪的天使?可不是一只小鸟。没有这样的消息。伯特耸了耸肩。也许一会儿电视上会有相关的报道。

他看着天使。

"你还好吧?"伯特说。

天使什么也没说。

"随意点,像在自己家一样。"伯特告诉他。

天使振了振翅膀,然后靠着花瓶坐下。

"好孩子。"伯特说。

然后,他把报纸盖在脸上,开始打盹儿。天使把头靠在膝盖上,安静地待着。伯特打起了鼾,首相夫人的照片随着他的鼾声上下起伏。炸薯条的香味飘了过来。贝蒂开始唱《赫尔南多的世外桃源》，回想起她和伯特年少轻狂时的情形，他们互献殷勤，坠入情网。

她煎了三个鸡蛋，焗了一盘豆子。她把菜装在两个大盘子和一个小碟子里，然后端到餐桌上。给天使的那一份有一个鸡蛋、三根薯条和七颗豆子。桌上还放了面包和黄油，还有两种调味酱——一种红色的，一种棕色的。

"伯特。"她说。伯特揉了揉眼睛，报纸从他脸上滑了下去。他走到餐桌边，看见天使低头看着盛有鸡蛋、豆子和薯条的盘子。伯特摇了摇头。

"感觉这是个梦，"他说，"但这不是梦，是吗？"

"来吧，小家伙，"贝蒂和蔼地说，"吃吧。"

她用叉子叉了几颗豆子，放进嘴里。

"就像这样。"她说。

她拿起天使碟中的一根薯条，假装让它飞到天使的嘴里。

"张大嘴！"她说。

天使不解地看着她。

"你得吃饭。"她说，"伯特，你来教他。"

伯特嚼碎一根薯条,咽了下去,给天使做了个示范。

"你得吃饭,"他说,"就像你的……"

他顿了一下。

"哈!我差点要说,就像你爸爸妈妈那样。"

贝蒂咯咯地笑了。

"来吧。"她说。她用小指指尖沾了沾天使盘里的豆子,然后把手举到天使的嘴边。"来,"她低声说,"就舔一下。"

"加点调味酱。"伯特说。

她在手指上加了一点番茄酱,又举到天使的嘴边。

"吃吧,"她说,"就当是为了贝蒂。"

一条小舌头从天使的嘴里伸了出来，舔了下贝蒂的手指。贝蒂欣喜地吸了一大口气。

"看，"她说，"这很容易吧！好吃吗？再来点薯条怎么样？"

最后，天使吃了半根薯条和四颗豆子。他尝了一点煎蛋，不过，他皱着脸把鸡蛋吐了出来。

"我想他宁愿吃宝石糖。"伯特说。

他们打开电视看新闻。图书馆因为要改建成达夫特克快运公司而关闭了。中东地区持续发生爆炸和枪击事件。孟加拉国遭遇了更严重的洪灾。一名足球运动员因为背部受伤不能上场比赛。最后还提到一位名人吃大猩猩的脚指甲。没有任何跟天使有关的新闻。啊，好吧。

贝蒂告诉伯特她今天过得很好。她是圣蒙哥学校的厨师。

"有时候，"她说，"孩子们真是太可爱了。"

伯特厌恶地哼了一声。

"我知道了！"贝蒂说，"也许他会愿意去学校。"

她对着小天使微笑。

"你想跟我一起去学校吗?"她说。

天使眨了眨眼,打了个嗝。

"他可能不知道学校是什么,你说呢?"伯特说。

"不会吧,"贝蒂说,"不过带他去学校对他有好处,伯特。带他出去见见世面,你觉得呢?"

伯特想了想。

"你可能是对的。"他说。

"找一天你可以带他去坐公共汽车。"

"啊,对,也许可以。"

"学校里的小孩会喜欢他的。"

她收拾完桌子,从厨房的窗户向外望去。

"多美的夜晚啊!"她说,"看看那些星星!"

天使打了个哈欠。

"可怜的小东西,"贝蒂说,"这一天真漫长,对吧?来,我带你去睡觉。"

她从柜子里拿出一个纸箱,在里面铺了些棉絮。她把天使抱起来,让他躺进箱子里。天使挪动了一下身子,让翅膀舒服点。贝蒂给他盖了一块干净的洗碗布来保暖。

"我们应该给他起个名字,伯特。"她说。

"安吉利诺。"伯特说。

"真是个好主意!"

伯特从口袋里掏出公共汽车司机专用的马克笔,在箱子上写上天使的名字:

安吉利诺

他们俯身看他,他也仰头看着他们。突然,他放了一个屁。

"安吉利诺!"贝蒂喊道。

"肯定是因为吃了豆子。"伯特说。

安吉利诺又放了一个屁。

"坏安吉利诺!"贝蒂说。

安吉利诺咯咯直笑。伯特也咧嘴一笑。

贝蒂俯下身,伸手摸了摸他的小脸蛋。

"好好睡一觉,我明天带你去学校。"

"晚安,小家伙。"伯特说。

安吉利诺打起了呼噜,声音很轻。

"噢,伯特,"贝蒂说,"我们有自己的小天使了。"

3

这一夜，伯特和贝蒂睡得很香。

第二天早上，伯特穿上了公共汽车司机制服，贝蒂穿上了厨师的工作服。她照了照镜子，检查自己是否干净整洁。

她轻快地走进另一间卧室，那里有一张单人床，墙上挂着一幅小男孩的照片。她像往常的每个早上一样，把照片拿下来，她像往常的每个早上一样，吻了吻照片。

"早上好，宝贝。"她对着照片轻声说，就像她每天早上做的那样。

然后，她把照片挂了回去，下楼拉开了客厅的窗帘。

阳光照射进来，舒适而明亮。

"多美好啊！"她自言自语道。

她走向餐桌，天使在纸箱里睡得正香。

"起来活动啦！"她说。

小天使只是翻了个身。

"孩子！"她说。

她笑着把手伸进纸箱里，轻轻地把他抱了出来。他那么轻，好像他根本就不存在一样。

"不能整天躺着，知道吗？"她低声说。

伯特从楼梯上走下来。"小淘气鬼！"他说。

他们咯咯地笑了起来。安吉利诺醒了，他揉揉眼睛，看着他们。

"喵！"贝蒂逗他，用手捂住眼睛又松开。

安吉利诺盯着她看。

早上好，儿子！"她说。

"他还在梦里呢，亲爱的。"伯特说。

贝蒂把一张纸巾打湿，轻轻地擦拭他的小脸。安吉利诺扭来扭去，逗笑了贝蒂。

"你不能睡眼惺忪地去学校，是吧？"她说，"看，好了！你看起来很可爱！"

安吉利诺早餐吃了三片玉米片，喝了一滴牛奶，还吃了一点点伯特的培根三明治。

"好孩子。"伯特说。

"为了我们，你必须健康强壮地成长。"贝蒂说。

他们凝视了他一会儿。

安吉利诺也凝视着他们。

他们相互凝视了很长时间。

"哎呀！"最后伯特说，"我该走了！还要去开车呢，还有乘客、公共汽车站和一大群讨人厌的小孩。"

贝蒂照往常一样，用手帕擦亮伯特的公共汽车司机徽章，告诉他不要对乘客发脾气。

"我？发脾气？"伯特每天早上都这么反问。

他吻了下她的脸颊。

"再见，亲爱的。再见，小家伙。"

"再见，伯特。"贝蒂说。

她举起安吉利诺的手挥了挥。

"说'再见，伯特'。"她对天使说。

她笑着说："虽然他没说，但我知道他是这个意思。再见，可爱的伯特。"

伯特大步往门口那条洒满阳光的小路走去。他在门口回过头来看天使。

伯特的脸上露出了大大的笑容。

安吉利诺在挥手，他朝着伯特挥手。

4

现在，贝蒂走在大街上，前往圣蒙哥学校。她路过萨丽·辛普金的糖果店和非常完美馅饼店。她挎着她的红色花朵图案购物袋。人们站在窗户边和门口向她挥手，她停下来与他们闲聊，谈论一下天气、首相夫人或者世界各地发生的可怕的战争。

贝蒂很受欢迎，大家也都很友好，和大多数人一样。

"她穿那件礼服确实很漂亮。"他们说，"如果有一天海水涨到没过了卧室的窗户，我们该怎么办？""我想知道他们为什么不能**停止**那些愚蠢的轰炸！"

贝蒂的好朋友多琳·麦克塔维什在布里斯特广场经营着一家咖啡馆。她们坐在外面的小桌子旁，在一棵苹果树下享用咖啡和茶点。

"我有东西要给你看，"贝蒂说，"闭上眼睛。"

多琳闭上了眼睛。贝蒂打开她的购物袋，把安吉利诺抱出来,放到了桌上。安吉利诺在阳光下眨了眨眼,把手背到身后,抬头望着多琳。

"睁开眼睛吧。"贝蒂说。

多琳睁开眼看,她眨了眨眼,瞪大了眼睛。

"这是天使!"她说。

"我知道。"贝蒂说。

"你从哪儿得到的?"

"伯特找到的,"贝蒂说,"在他的口袋里。"

"在他的**口袋里**?"

"啊,对。在他开车的时候。"

"噢,永远都会有奇迹发生。"

"他叫安吉利诺。"

"这个名字很好听。"多琳说,"很高兴见到你,小伙子。"

她伸出手,想要跟安吉利诺握手。小天使看着她的手,没动。

"他不会说话。"贝蒂解释,"或者只是我们认为他不会。安吉利诺,这是我的朋友多琳。"

多琳咬了一口茶点。

"我曾经见过一个天使。"她说。

"是吗?"

"嗯,一尊雕像,但非常逼真。在教堂里,我想他还在那里。他拿着一把长矛,正在杀死某种可怕的怪物。"

贝蒂皱起眉头。

"我不认为我们的安吉利诺会做那样的事。你说呢,亲爱的?"

安吉利诺注视着多琳。

"你会杀可怕的怪物吗,安吉利诺?"多琳说。

贝蒂大笑。

"这个想法很特别!"多琳说,"给他一粒葡萄干,贝蒂。他似乎很爱吃甜食。"

多琳把一粒葡萄干放在指尖上让安吉利诺舔。天使的小舌头弄得她痒丝丝的,她咯咯地笑了起来。

"你真幸运,贝蒂。"她说,"伯特怎么想?"

"伯特?他觉得安吉利诺很好。"

"那太好了。"

她们都端详着安吉利诺。

多琳斜靠过来，亲了下她朋友的脸颊。

"我真为你们俩感到高兴。"她说。

然后，她告诉贝蒂她的女儿正在澳大利亚背包旅行，她的儿子在肯特郡的房子周围安装了一个新的电子栅栏。她们叹了口气，闭上眼睛，享受着温暖的阳光照在身上的感觉。安吉利诺张开翅膀，向后靠在一个牛奶罐上。

"他唯一会做的坏事就是会偶尔放气。"贝蒂说。

"放气？"

"就是放屁。"

"好吧，这没什么，不是吗？无关紧要。"

告别了多琳后，贝蒂把安吉利诺装进购物袋里带去学校。他们要路过圣蒙哥教堂。贝蒂停了下来。

"我想知道……"她自言自语道。

她走进了教堂。

只有一位老妇人跪在前排，对着耶稣的雕像祈祷。另一尊雕像下摆放着燃烧的蜡烛，那是一尊腿上插着一支箭的圣徒雕像。

贝蒂把安吉利诺从包里拿了出来。她让他站在手上。他四下张望，似乎觉得这个地方并没有什么特别之处。贝蒂把他带到多琳提到的那尊天使雕像前。多琳说得没错，这个天使身材魁梧，手里握着一把巨大的长矛。有一条丑陋的蛇在他脚下蠕动着，看得出来天使很生气，正准备杀了它。

贝蒂把安吉利诺举高，以便他能看到那个天使和他的翅膀。

"那也是一个天使，"她说，"就像你一样。"

但他们几乎没有任何相似之处。安吉利诺又小又温柔。他放了个屁，放屁的声音回荡在空荡荡的教堂里。

"小坏蛋！"贝蒂轻声说。

她听见了脚步声，便把安吉利诺放回了袋子里。她看到一个牧师走到她身边，那是来自康内马拉的库根神父。

"早上好，"他说，"布朗太太，对吧？"

"我叫贝蒂。"

"需要我的帮助吗，贝蒂？"

"我只是在欣赏你的天使。"

"哈！棒极了，不是吗？"

"噢，他很好看，而且非常伟岸。所有的天使都是这样吗？"

神父凝视着天使雕像，仿佛他以前从未见过这尊雕像似的。

"谁知道呢？"他说，"据说它们有多种化身。据说魔鬼本身最初也是一个天使。"

"魔鬼本身？"

"是的，贝蒂。"神父扯了扯糊在脖子上的白色衣领。他放低声音说："说实话，贝蒂，我们现在真的不相信天使和怪物之类的东西了。"

"真的吗？"

"是的，真的。我们更喜欢现代的东西。"

"现代的东西？"

"是的，贝蒂。比如吉他演奏，还有教会网站那一类的事物。"

这时，放屁的声音从购物袋里传来。

贝蒂咳了一声。库根神父皱着眉，然后耸了耸肩。

"好吧，我不能整天站在这里闲聊，"他说，"恐怕要去处理教区事务了。"

"没关系。"

"需要我为你祈祷吗,贝蒂?"

"祈祷什么?"

"为你的健康、"他说,"知足和幸福祈祷。"

她不由笑了。

"好主意!"她说,"我身体健康,心满意足,幸福得不得了!"

"很好!"他说,"那我先告辞了。"

"那是神父。"贝蒂看着神父离开,对着购物袋轻声说道,"他是来自康内马拉的库根神父。"

向耶稣祈祷的女士转过头来看着她。

贝蒂微笑着向她挥手。

那位女士转回去继续祈祷,她祷告的声音更响亮、语速更快了。

贝蒂走到外面,沐浴着阳光,继续步行去学校。

伯特开着他的车经过。贝蒂朝他挥手,并指了指购物袋。伯特也朝她挥手,还连按了三次喇叭。

"这个家伙!"贝蒂对着购物袋说,"我从未见过他**这样**!"

她咯咯笑着,慢悠悠地走过战争纪念碑和绿人酒吧。她没有看到那个穿着黑色西装、戴着墨镜的瘦子站在一家肉店旁黑暗的小巷里。等一下。是昨晚最后下车的那个人吗?没错,是同一个人。他正在盯梢。他在笔记本上记着什么。他从口袋里掏出手机,打了个电话。

5

想象一下。你正在学校操场上玩耍,突然有人大喊:"快来看看**这个**!"

于是你和其他人一起跑到学校厨房的窗户边。你向里看去,看见一个天使正坐在货架上,而厨师在搅拌肉汁、打蛋奶糊、捣土豆泥。你可能认为他是个小装饰品,也可能认为他是厨师带来的小玩偶。但是,紧接着你看到他在架子上来回走动。你看到他俯下身闻蛋奶糊,然后厨师用手指蘸了一点让他舔,她还蘸了点肉汁给他,但他皱着脸吐了出来。

你会怎么做呢?你和其他人一样目瞪口呆,倒抽一口凉气。你不敢相信自己的眼睛,但事实就摆在眼前。这是真事!

在学校厨房里,有一个天使正在舔蛋奶糊!

这就是那天早上发生在圣蒙哥学校的事。所有人都跑到窗户边围观。贝蒂朝大家挥手,把安吉利诺举起来给大家看。小孩子们为了看得更清楚,使劲挤到大孩子的前面。安吉利诺看着那一双双瞪得大大的眼睛。

然后有人高兴地叫了起来:"那是伯特·布朗的儿子!"

说话的是南希·米勒,公共汽车上的那个女孩。

"昨天我看见他了!"她说,"我给了他一颗宝石糖!喂!喂,小天使!"她把脸紧紧地贴在窗

户上。"你好!"

他认出她了吗?是的,他认出来了!他盯着她看了几秒钟,然后举起小手挥舞,就像他对伯特做的那样。南希情不自禁地蹦跳、舞动起来。

"请告诉我,孩子们,这里发生了什么事?"

来的是代理校长摩尔夫人。她是一位身材矮胖、长了一张圆脸的女士,戴着金属框的圆眼镜,穿着绿色大衣。她正在替唐金校长——真正的校长——代管学校。唐金校长自从上次学校检查后,就因为神经紧张而请了假。

"是天使,老师[①]!"一个穿着巴塞罗那足球队条纹球衣和橙色足球鞋的黑发男孩喊道。

"不要做白日梦了,杰克·福克斯。让开,孩子们,让我看看。"

孩子们让出一条路。摩尔夫人来到窗前,认真地打量着安吉利诺。安吉利诺也打量着她。

她擦了擦眼镜,重新戴上,再看。

她闭上眼睛,睁开,再看。

[①]此处的原文是西班牙语,本书中使用该字体的地方,原文均为非英语词汇。——编者注

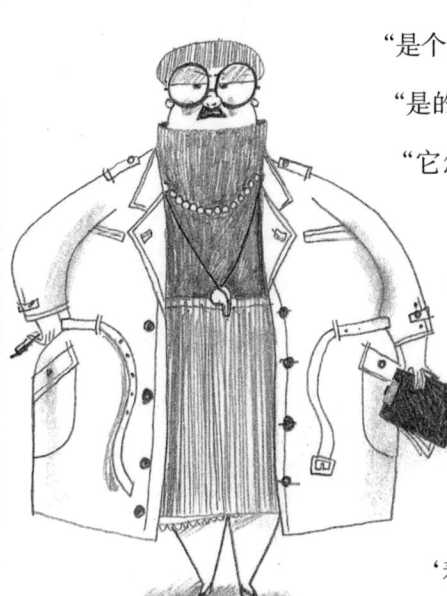

"是个天使。"她说。

"是的,老师。"南希说。

"它怎么跑到这儿来的?"

"贝蒂带他来的,老师!"南希说,"我昨天看过他了……"

"你应该叫她'布朗太太',"摩尔夫人说,"是'看到'而不是'看过',还有……"

她顿了一下。在这种情况下,代理校长应该怎么做呢?

"你们必须**马上回教室去**,我会……调查的。"

没有人动弹。

她摘下眼镜,瞪着大家。

"**解散!**"她用代理校长的严厉口吻说道。他们散开了,她去厨房找贝蒂谈话。

6

"是伯特发现了他，老师。"贝蒂看到摩尔夫人走进厨房便说。

"发现了他？"

"在他的口袋里。在公共汽车上。"

贝蒂有些发抖，她在代理校长面前相当紧张。

"你丈夫总是找这类东西？"

"哦，不，老师。通常会找到雨伞，还有手套。还有一次，有人把义肢落在车上……"

贝蒂咬着嘴唇。摩尔夫人俯视着站在操作台上的安吉利诺。安吉利诺紧握着蛋奶糊罐的把手，身体向后靠着，这样他就可以回应代理校长的目光了。他的嘴唇上有一滴蛋奶糊，他把它舔掉。

"那么，" 摩尔夫人对小安吉利诺说，**"你有什么要说的吗？"**

"哦，没有，"贝蒂紧张地说，"他不会说话，老师。"

"不会说话?"

"不会,老师。"

"你确定吗?"

"不确定,老师。"

"他还有什么不会的吗?"

"我们不知道,老师。不过他喜欢吃蛋奶糊和宝石糖。"

摩尔夫人往后退了退。

"说话,"她对安吉利诺说,"我重复一遍,你有什么要说的吗?你是从哪里来的?你叫什么名字?"

"他叫安吉利诺。"贝蒂说。

"安吉利诺?你怎么知道的?"

"我们在他的箱子上写的。"

"在他的**箱子**上?"

"是的,老师。用伯特的马克笔写的。**安吉利诺。**"

摩尔夫人环视厨房四周。她皱了皱眉。代理校长手册并没有告诉她这种情况该怎么处理。

"我要花些时间来考虑这件事。"她说,"与此同时，你要准备学校的午餐，而我们还有这个家伙，他对自己和他的世界有很多要了解的，他必须去上课。"

"安吉利诺吗？"贝蒂问。

"是的，如果那真的是他的名字的话。"

"但是他只是……"

"他**看起来**像个孩子，一个有很多东西要学习的孩子。正如我们州的教育部长纳齐苏斯·斯普里恩所说，不待在教室里的孩子就是不学习的孩子。今天上午接下来的时间，他会和5K班的孩子们一起上斯梅利教授的英语课。"

她做了个深呼吸，对自己的表现非常满意。没错，代理校长就应该这么做。

"把南希·米勒叫来，"她说，"她自己说认识这个愚蠢的东西，让她把天使带到教授那儿去。"

7

斯梅利教授是一个非常聪明的人。他是从沼泽神侃大学借调到圣蒙哥学校的。他正在帮助学校改善教学情况。他教聪明的孩子,使他们变得更聪明,这样他们就能考上他的大学,继续变聪明,然后成为像他那样的教授,教未来的孩子成为像他们那样的教授。

他有一头红色卷发,穿着一身皱巴巴的黑色西装,带着一脸困惑的表情,像是丢了什么东西,又像是他能感觉到附近有一个很深的黑洞。此时,他正注视着天花板。教室里很安静。教授讲课慢而清晰。他没有注意到南希偷偷从门口溜了进来,安吉利诺就站在她张开的手掌上。

"除了简单句,"他说,"还有复合句,就是用**连接词**把两个分句连接起来的句子。"

他把视线转向学生。

"谁,"他问,"能告诉我连接词是什么?"

"是天使，老师。"杰克·福克斯大声说。

"什么？"教授问。

这时，他看到南希不好意思地站在那儿。他向后退了一步，眨了眨眼睛。

"你迟到了，姑娘。"他说。

"老师，是摩尔夫人让我来的。"南希说，"她让我把安吉利诺带到你这儿。"

他看着站在南希手上的东西，他的表情变得比平时更加困惑了。孩子们的眼里闪烁着喜悦的光芒。

教授走近了些，凝视着安吉利诺。他使劲闭上眼睛，然后睁开。是的，那个东西还在那里，也在打量着他。

"它是天使，老师。"南希说。

她擦掉安吉利诺脸颊上的一滴蛋奶糊。

"摩尔夫人说他需要学习，老师。"

"明智的女人。"教授说，"给它找个座位。"

"老师，他个头太小了。"南希说。

教授似乎被这个问题难住了。

"老师，他可以坐在我的桌子上。"南希建议道，

"有足够的空间。"

"那倒是。就让他坐那儿吧,姑娘,我们继续上课。"

当南希把安吉利诺放到她的桌上时,安吉利诺蹦跳了几下,跳起了舞。

"真够愚蠢的。"教授说,"我们必须集中注意力,在课堂上浪费的时间是补不回来的。我正在解释连接词,注意听讲。有简单的连接词,比如 but(但是)、so(因此)、and(和)。"他又看向天花板,"但连接词的范围远不止于此,还有复杂的连接词,例如,alternatively(要不然)、consequently(因此)、therefore(所以)、otherwise(否则)……"

教授继续列举着连接词。5K班的孩子们笑着朝安吉利诺挥手。安吉利诺也笑着朝他们挥手。他放了一个屁，孩子们努力控制自己不笑出声来。

"可能是因为喝了蛋奶糊。"南希轻声说。

"那么，"教授突然提问，"谁能造一个句子，要包含一个有趣而相关的连接词？"

杰克·福克斯举起了手。

"是，老师。"他大声说。

教授后退了一步。

"孩子，你为什么要说西班牙语？"他突然说。

杰克把手放在他的巴塞罗那队服的徽章上。

"因为我是里奥内尔·梅西[①]，老师。"他大声宣布。

他转过身来，给大家看印在他衣服背面的名字和号码。

MESSI
10

[①]指西班牙巴塞罗那足球俱乐部的阿根廷籍运动员里奥内尔·梅西（Lionel Messi）。——编者注

教授不满地咕哝着什么。

"我造的句子是，"杰克说，"**我饿死了，所以我迫不及待地想赶紧吃我中餐。**"

"理论上是正确的。"教授说，"但是，'饿死了'是夸张手法，'迫不及待'也是夸张手法；应该是'午餐'，而不是'中餐'；还有，是'我的午餐'，而不是'我午餐'。还有谁想试试？你可以吗？"

他指了指安吉利诺。

"来，"他说，"造一个句子，要一个复合句，而且要有连接词。"

安吉利诺靠着南希的铅笔盒，盯着教授看。

"试试看，"教授说，"你以为我不用努力就取得了现在的成就吗？大声说出来！"

安吉利诺又放了一个屁。

南希冲他笑了笑。

"你会说话吗？"她对着他的小耳朵低声说。

他爬过南希的书，爬上她的衣袖，爬到她的衣领上，紧靠着她的耳朵。

他也低声跟她说话。是的，安吉利诺说话了。

"我莫事情都不知道。"他用很细小的声音说。

南希倒吸了一口气,她把安吉利诺放在手上,惊讶地看着他。

"所以?"教授问,"他的句子是什么?"

"他说,我莫事情都不知道!"

"我莫事情都不知道!" 教授重复道,"语法不对!双重否定!还有,是'什么事情',而不是'莫事情'!应该是'我什么都不知道'。还有,请问,连接词在哪里?"

"没有连接词,老师。"南希说。

"确实没有!"

教授愤怒地转过身去。

"谁来试试?谁能给全班同学造一个句子,以'我什么都不知道'开头,后面接一个复杂的连接词,最后跟一个从句。"

爱丽丝·奥比举起了手。

"我什么都不知道," 她说,**"因此我必须弄明白。"**

"很好！"教授说，"难怪你能成为我的资优学生团的一员。"

爱丽丝甜甜地笑了。南希还在惊奇地盯着安吉利诺看。教授满脸困惑地盯着空气。

"写下来！"他说，"是时候写一写了！拿出你的本子和笔，每个人写五句话，每句话都是由复杂连接词连接的两个从句组成。现在开始。"

全班都听话地准备做这个作业。教授坐在讲桌前。

"别忘了写日期，"他说，"标点符号要正确，书写要工整，每个句子要标上序号……"

他的声音有点颤抖。他的眼睛疑惑地盯着安吉利诺。安吉利诺挥了挥手，教授瑟缩了一下。

南希给了天使一支铅笔和一张纸。他用两只手抱着铅笔。

"只要尽力就好了。"南希低声说。

她握着他拿铅笔的手在纸上写，他在纸上画了些记号。

"**很好**。"她说。

安吉利诺看着其他孩子写字。他扇了扇翅膀。

"写下你说的话。"南希低声说。

她松开他的手。

"加油,安吉利诺。试试看。"

安吉利诺又扇了扇翅膀,开始写字。没错,他写字了。铅笔在纸上划过,他歪歪扭扭地写道:

艾不道没有莫事情

"太棒了,安吉利诺!"南希兴奋地说着,然后写道:

一个天使对我耳语,所以我很开心。

安吉利诺露齿微笑。他把铅笔竖了起来并靠在铅笔上。孩子们继续写着他们的作业。安吉利诺看着教授,教授也看着安吉利诺。奇怪了,天使现在看起来好像高了一点。时间一点点过去,午休时间快到了。孩子们的笔在纸上写着,用单词和句子填满原本空白的地方。

"时间到!"教授宣布。

他开始收孩子们的作业。他满脸笑容地看着爱丽丝·奥比，低声说："很好。"他看都没看一眼就收走了杰克的作业。他朝南希和安吉利诺走去，在收南希的本子时，他看到了安吉利诺的纸。

他把那张纸举到了眼前，嘴里抱怨着什么。

"根本没有任何语法上的进步！"他说，"丢人的一团糟！主语应该用'我'，而不是'艾'。还有，句号呢？他都会什么？"

"我不知道，老师。"南希说。

"你**知道**什么？"他问安吉利诺。

安吉利诺没有说话。

"你是从哪里来的？"教授问，"你到底是谁？"

安吉利诺想了想，然后爬回南希的耳边。

"我不知道我是谁。"他低声说。

"**嗯？**"教授问。

"他说，"南希说，"'我不知道我是谁。'"

"我不知道**我是谁**！"教授说，"怎么会有人不知道自己是谁呢？"他的眼睛亮了，"可是啊！你又

用了'知道'这个词。你听到'k'了吗[①]？你当然听不到，因为它不发音。不发音字母是英语语言中一大难点和乐趣。这种字母在单词中不发音，所以听不到。当然还有其他以不发音字母'k'开头的单词。"他环视着教室，"比如说？"

杰克·福克斯举起了手。

"Sausage（香肠）。"他说。

"**Sausage？**"教授说，"**你疯了吗？**你认为 **sausage** 这个单词里有不发音字母'k'？"

他看着空气，拿起公文包，朝门口走去。

"嗯，我听不到它。"杰克自言自语，说着他从椅子上跳起来，做了个假动作，闪躲了下，把一个看不见的球射进一张无形的网中。

[①]英语单词know（知道）中的字母k是不发音的。——编者注

8

胡萝卜、番茄酱和蛋奶糊。对于爱吃甜食的天使来说,贝蒂做的可口的学校午餐有很多吸引他的东西。安吉利诺高兴地咬啊舔啊。他对肉汁和肉嗤之以鼻。他与南希和她的同伴们坐一张桌子。她们用指尖和勺子喂他。他们让他说话,让他说自己的名字,让他写字、跳舞和飞。

"悠着点!"南希说,"如果你是一个第一天上学的小天使,你会喜欢这样吗?"

"你说得对,"杰克说,"给他点时间适应。"

于是他们安静下来,惊奇地看着安吉利诺。等贝蒂上完了菜,她走过来和他们坐在一起。安吉利诺朝她挥手,跳了一小段舞,然后爬到她的手臂上。

"他上了一**课**,"南希说,"**教授**的课。"

"**教授**的课!"贝蒂自豪地说,"好吧,安吉利诺,你**让我**大开眼界!等着我告诉伯特!"

"贝蒂,"南希说,"你一定猜不到,他说话了!"

贝蒂吃惊地瞪大了眼睛,用手捂着嘴。

"安吉利诺!他**说了什么**?"

"来,安吉利诺,"南希鼓励他,"告诉贝蒂你说了什么。"

安吉利诺皱了皱眉,放了一个屁。南希在他耳边小声说着什么。

他从贝蒂的胳膊上走下来。他站直身子,双手背在身后,深吸了一口气,用清晰而细小的声音说:"我莫事情都不知道,而且我不知道我是谁。"

"安吉利诺,"贝蒂叫道,"你的声音真好听!"

安吉利诺眉开眼笑。

他又说了一遍,这次的声音更大了。

"我莫事情都不知道,而且我不知道我是谁。"

"等着伯特听到**这个**!"贝蒂说。

"还有,安吉利诺,"杰克说,"这是一个正确的复合句。"

贝蒂的眼睛里闪烁着喜悦的泪光。她把天使捧在手心,高高地举起来。她笑了。

"你正在变大、变高、变重。我敢肯定！哦，你会成为一个多么可爱的天使。"

"都坐下！冷静！"是摩尔夫人的声音，她正在餐厅里巡逻，并试着让孩子们远离安吉利诺那一桌，"管好你们自己！"

她跺了跺脚。

"我们正努力摆脱特殊管制，而你们却表现得**像小恶魔一样**！"她吼道。她的声音越来越大，越来越尖。她怎么应付得了这一切呢？特殊管制！激动的孩子！现在他们中又多了一个**天使**！"如果另一名**督学**出现在我们学校门口，"她尖声说，"该怎么办？"

"可怜的摩尔夫人，"贝蒂小声对安吉利诺说，"她把自己弄得这么慌乱。"

摩尔夫人来到安吉利诺的桌子旁。

"**你太引人注目了。**"她说。

安吉利诺撅起屁股，放了一个屁。

"**这真是够了！**"摩尔夫人说。

安吉利诺停下来看着她。

"我希望**天使**能更有礼貌！"她说。

"他很抱歉，老师。"贝蒂说。

"我希望他是，布朗太太。作为天使，他应该给同学们树立榜样。"

"他会的。"贝蒂颤抖着声音保证道。

摩尔夫人俯身靠近安吉利诺。

"我会，"她说，"密切关注你，我的孩子。"

然后，她转身离开了。

"哦，**安吉利诺**！"贝蒂说，"我真为你骄傲！"

她轻轻地吻了他一下。

"走吧，"她说，"去和你的朋友一起玩吧。"

摩尔夫人不是唯一一个在午休时间密切关注小天使的人。在学校的大门外，马路对面的公园外，站着一个黑衣人。没错，就是之前的那个人。奇怪的是，没有墨镜、八字胡和黑西装，他看起来非常年轻。不过是个少年。他有一副小型望远镜，一直对着安吉利诺。他手里拿着笔记本，用脸颊和肩膀夹着手机，他正在打电话。

"是的,老板,"他说,"我盯上他了。不,我从来没见过像他这样的,老板。从来没有。是的,老板,一定有办法能从他身上赚到钱。没错,老板,也许是马戏团。或者教堂,怎么样,老板?为了获得一个真正的天使,教堂肯定愿意拿出很多金银财宝来。"

他继续观察着。他看见安吉利诺被南希带到了学校操场上。他看到孩子们兴奋地聚在一起。然后,有一拨人离开人群,开始一场足球比赛。

比赛激烈而艰难,节奏很快。一群少男少女奔跑着,踢球、进攻、尖叫。

"传给我!"孩子们喊道,"头球给我!射得好!真倒霉!那是犯规!裁判,给红牌!射得好!守得好!给我!给我!**哎哟**!给他!把他打倒!加把劲!**加把劲!**"

杰克·福克斯是其中最聪明、最敏捷的。他是明星。他像梅西一样奔跑,像梅西一样转弯,像梅西一样进球。在他的想象中,他就是里奥内尔·梅西。他时而大笑,时而咧嘴笑,时而大声鼓励着同伴。

"对!"他大声叫道,"精彩!好极了!加油!

球进了!"

安吉利诺在南希的手上跳着舞。他高兴地尖叫着。他在她的手掌上奔跑,就好像他正和参加足球比赛的孩子们一起跑来跑去。他摆动着腿,就像在踢球一样。他跳了起来,好像正在用头顶球。他蹦啊跳啊,突然,天啊……

"老板!"那个黑衣人惊讶地倒抽了一口气,对着手机说,"他在飞!"

9

飞得不是很远，飞得不是很高，但他确实在飞。他飞起来了。他从南希的手上跳到了空中，在比她的头略高的地方盘旋了几分钟。然后他摔到了地上，倒在南希的脚边。

"安吉利诺！"南希吓得倒抽了一口凉气。

她认定他一定摔伤了——一条腿、一只翅膀、一只胳膊、背部或者头骨。但是他跳了起来，咯咯地笑着，喘着气。他拍打着翅膀，又跳回南希的手中。他又跳起来飞了一回。比上次远了点高了点。他落回到她的手上，准备进行第三次飞行。太神奇了。他似乎又长大了些。南希必须用双手才能抱住他。这时，足球从他身边飞过，他向它扑去，几乎碰到了球。

他又回到南希的手里。

球再次从他身边飞过，这次安吉利诺紧跟着它。他快速地扇动着翅膀，快到几乎都看不见翅膀了。然后，他接住了球，用胳膊抱着球，摔在了地上。

"天啊！"杰克·福克斯喊道，"扑得好！"

安吉利诺摇摇晃晃地站了起来，足球就在他的旁边。它和他一样大。

"你是我们队的！"杰克大喊，"安吉利诺，你是守门员！守门员！"

杰克把天使带到了球门处。

"你不能让球飞进球门。明白吗？"

安吉利诺看着杰克，他似乎很想弄明白。

杰克教他怎么做。

"踢一个点球。"他对路易斯·雷普说，"看着，安吉利诺。"

路易斯把球放在罚球点上，开始罚点球。第一次杰克向左侧扑去，接住了球。第二次，他用拳头打飞了点球。

"明白了吗？"他对安吉利诺说，"现在该你了。"

他让安吉利诺站在球门的两根立柱中间。这看起来成功的希望不大。要守这么大的空间，天使无疑太小了。

但是，他的好朋友南希相信他。

"你能做到的，安吉利诺！"她喊道。

安吉利诺眯起眼睛，盯着球。他像一个称职的守门员那样弯曲着膝盖。

"不要太用力！"路易斯·雷普叫道。

杰克踢了一个高球。球突然转弯，飞向球门的一角。看看安吉利诺的表现。他跳起来飞向空中，抓住球，双臂抱着球在空中旋转，最后落到了地面上。

每个人都为他欢呼。

"守得好！扑得好！"

午休时间就这样过去了。足球比赛很热闹，每个人都参与其中。没有人在意输赢。他们只想看到勇敢的天使守门员飞到空中拦截球。他不是每次都能把球救下来。有时候他接住了球，但不能让它停下来，连球带天使一起飞向球网。这是多么难得的一种享受！从来没有人见过这样的场景。当午休时间结束的铃声响起时，安吉利诺的皮肤上沾满了泥巴和草屑。他衣服凌乱，两眼发光。杰克扛着他往教室走，仿佛他是个英雄，仿佛他刚刚赢得了欧洲杯。成群的孩子簇拥在他的身后，欢呼着，呼喊着他的名字。

"安吉利诺！安吉利诺！安吉利诺！"

"杰克·福克斯！把那个天使放下来！"

说话的当然是摩尔夫人。

"**排好队！**"她呵斥道，"**不要乱嚷嚷！**"

杰克把安吉利诺放在南希的身边。

奇怪，南希想，他现在几乎和我的膝盖一样高了。我敢肯定一个小时前他还没这么高。

"**怪不得，**"摩尔夫人大叫道，"唐金校长的神经**饱受折磨**！"

她努力表现得非常严厉，但她的声音在颤抖。她怎么应付得了这一切？她只是一个平凡的小女人。但她随即握紧拳头，强迫自己表现得像一个称职的代理校长。

"**难怪，**"她厉声说，"这所学校会陷入这样的困境！站直了！把嘴巴闭上！"

"一定是蛋奶糊促使他长大。"南希若有所思。

她俯下身。安吉利诺抬起手。他们互相牵着对方的手。

就在昨天，南希想，他还小到可以装在一个公共汽车司机的口袋里。

"这是一个教育**单位**！"摩尔夫人说，"不是可以**到处乱跑**的**动物园**！"

南希舔了舔手指，轻轻地擦掉安吉利诺前额上的小泥点。

"你来这里是为了接受训练，接受**教育**，接受……南希·米勒，你到底在**干什么**？"

南希眨了眨眼。

"擦安吉利诺的额头，老师。"

"擦安吉利诺的额头？擦安吉利诺的额头！请问，当一名老师，尤其是像我这样的代理校长正在说话的时候，是谁给了你去擦天使额头的权利？"

"我不知道，老师。"

"你**不知道**！你认为会有像爱丽丝·奥比那样的好学生，在老师讲话的时候替天使擦额头吗？

"我不知道，老师。"

"那我来告诉你。不会，**不会**有像爱丽丝·奥比那样的资优学生，在老师讲话的时候擦天使的额头的！**不会**有资优学生允许自己在学校的午休时间为那些长翅膀、穿长裙、到处乱跑的无用玩意分心的！你会吗，爱丽丝？爱丽丝，你在**哪里**？"

"我在这儿，老师。"一个声音传来。

"上前来，爱丽丝。"

爱丽丝从队伍里走出来，手里拿着一本书。

"给这个地方一些理智，"摩尔夫人说，"告诉我们，今天的午休时间**你**在做什么。"

"我在图书馆里，老师。"

摩尔夫人高兴地舒了一口气。

她说："比起把时间浪费在足球和无用之物身上，**这**才是度过时间的正确方式。谢谢你，爱丽丝。我恢复了对人性的信念——至少对我们的资优学生代表的那部分信念恢复了。**安静！排队！**"

南希对着安吉利诺沉思。她无法克制自己。她举起手来。

"老师，请问。"她说。

摩尔夫人怒视着她。

"**嗯？**"

"请问，老师，"南希说，"天使会不会长大？"

摩尔夫人跺了跺脚。

"**那**是个什么问题？**天使会不会长大？**你是不是**疯了**？

"他们会吗，老师？"

摩尔夫人涨红了脸，正要继续训斥。这时，爱丽丝又从队伍里走了出来。她举起手中的书,那本书看起来又破又旧。

"不会,"爱丽丝说,"他们似乎不会。我在这里读到的。它说天使总是一样大。他们原本就存在,他们不会死亡。他们是完美的存在,他们一直都在,而且永远存在。"

所有人都看着安吉利诺。他微笑着挥挥手。他看起来一点都不完美。他正靠在南希的腿上。

"也许他是个怪天使。"爱丽丝说。

摩尔夫人叹了口气。她怎么能**应付得了**这些?

"回教室去。"她命令道。

"**你是**个怪天使吗,安吉利诺?"爱丽丝问。

"我莫事情都不知道。"他回答道。

10

"是的，老板，"黑衣人说，"我亲眼看过的。飞和踢足球，老板。是的，老板。千真万确。不，老板，现在莫事情都看不见了，老板。他们已经进去了，老板。"

"是'看到'而不是'看过'，"老板说，"是'什么事情'，而不是'莫事情'。什么事情都看不到不是你该做的，看到一切才是你该做的。K，到学校里面去。"

"学校周围有护栏，老板。他们不会让我进去的，老板。"

"他们当然会让你进去。跟他们说你是督学，正好路过这里，决定做一次临时视察。"

"但是他们不会相信的，"黑衣人说，"我只是个小伙子！"

"那就快点长大！摘掉墨镜，把头发梳起来，挺起胸膛。你是伪装大师,不是吗?"

黑衣人摸了摸自己的墨镜、胡子、黑头发、黑色西装和黑色领带。伪装大师。没错。伪装是他一直以来的强项,这是他从小就擅长的。

"好的,老板。"

"所以,你可以做到的。挺起胸膛走路,拿着笔记本做笔记。说话时声音要低沉而自信,要注意语法。"

黑衣人做了一个深呼吸。

"可是督学要**做**些什么呢,老板?"

"当然是视察啊。他会记一些事情,并指出哪里有问题。他会告诉老师有些事情不改变的话就会有很大的麻烦。他会表现出能**掌控一切**的样子。现在进去这样**做**吧。"

"好吧,老板。"黑衣人说。

"勇敢一点,K,"老板说,"这是你长大成人的时刻。"

"是吗,老板?"

"是的。勇敢一点。举止要显得高雅。盯牢那个天使。"

黑衣人朝手指上吐了点口水,捋平了头发。他摘下墨镜,挺起胸膛,把笔记本夹在腋下,穿过公园朝学校走去。

他按响了校门口的门铃。

"有什么需要帮忙的吗?"校长秘书萨曼莎·克勒德通过对讲机问道。

"是的,"黑衣人用低沉的声音回答,"我是一名督学。"

"**督学!**"萨曼莎·克勒德倒抽了一口气。

"是的,"黑衣人答道,"我碰巧路过,想来这里做一次临时视察。"

萨曼莎·克勒德又倒抽了一口气。紧接着是一阵沉默,然后从对讲机里传来了摩尔夫人的声音。

"先生,有什么能为您效劳的呢?"她说。

"我是一名督学,"黑衣人重复道,"我碰巧路过,想来这里做一次临时视察。"

黑衣人等待着。他听见校长秘书和摩尔夫人都倒抽了一口气,说:"他是**督学**。"

接着,他又听到了摩尔夫人的声音。她的声音在颤抖。

"热烈欢迎，"她说，"我可以问一下，您是唐金校长还在学校时来视察的那位督学吗？"

"哦，不，女士。"黑衣人说，他挺起胸膛，他正快速进入这个新角色，"那一定是其他人。现在有很多督学，周游全国，履行职责。也许你说的是很久以前的事了，我们现在的做法更现代化了。"

"更现代化？"

黑衣人思索着。不知怎的，他突然明白了伪装大师在这种情况下该说些什么。

"是的，女士。现在的做法是我们路过一所学校，顺便拜访、视察、写报告，然后继续我们的行程。除非，我们发现了些什么，导致我们停留下来延长视察的时间。"

"延长视察的时间？什么事情可能会导致这种情况呢？"

"一些不寻常的事，女士。一些不太合理的事。我可以请问，你是哪位吗？"

"我是摩尔夫人，"摩尔夫人说，"我是代理校长。"

黑衣人在他的笔记本上写着什么。

"我应该告诉你，"他说，"我已经在做记录了，我开始我的视察了。"

"已经开始了？" 摩尔夫人说。

"是的。我正在记录你们开门让我进去所花的时间。女士，我希望，你们不是在试图拖延我的视察以便隐瞒不合理的事。"

"哦，不，先生！"摩尔夫人紧张地说，"我们绝不会做这种事，因为我们没什么可隐瞒的。"大门传来"嗡嗡"的响声，随后传来"咔嗒"一声，"请进，先生。热烈欢迎您的到来，请您视察。"

黑衣人推了推门。门开了，他走了进去。他松了一口气。

"想想从前，"他自言自语，"我上学的时候，他们说我将来会一无是处。要是我的老师现在能看到我就好了！"

11

摩尔夫人扶着门,让黑衣人进来。她努力保持微笑,但她的整个身体都在发抖。

"您好,先——先生,"她说,"欢——欢迎来到圣蒙哥学校,萨曼莎,请给我们的贵客准备咖啡和饼干。"

"好的,摩尔夫人,"萨曼莎说,"可能还有些午餐剩的餐点——火腿沙拉、蛋奶糊和蛋糕。"

"蛋奶糊?"黑衣人说。

"是的,"萨曼莎说,"还有蛋糕。"

"巧——巧克力蛋糕,先生。"摩尔夫人补充道。

黑衣人迟疑了一会儿,然后举起手。

"不,女士!"他说,"视察时间可不能用在吃蛋奶糊等无谓的享受上。速度是最重要的。请马上带我去教室,否则会有麻烦!"

代理校长惊恐地瞥了校长秘书一眼。

"找斯梅利教授!"萨曼莎·克勒德轻声说,"他在给资优学生上课。"

摩尔夫人松了一口气。对!唐金校长在职期间是没有教授的,也没有什么资优学生。

"跟——跟我来,先生,"她说,"我们的教——教——教授会很乐意看到您的。该怎么介绍您呢?"

"尽量简单。就说是督学来进行临时视察。"

代理校长迟疑了一下,她向黑衣人靠近了些。

"先生,作为一名督学,"她说,"您看起来非——非常年轻。"

黑衣人捻了捻他的八字胡。他抬起头来,摆出一副非常严肃的表情。

"实际上,"他答道,"我比看上去要老得多。"

勇敢一点,她告诉自己。

"我之前见——见过您吗?"她问。

"没有,女士,你以前没见过我。"

"您是不是那个叫凯——凯文的男孩?"

"凯文?我看起来像是一个叫凯文的小男孩?这该是对一名督学的称呼吗?我姓布莱克,布莱克先生。"

"我可以请问一下您的名——名字吗?"

"布鲁诺。"黑衣人说,他眨了眨眼,很惊讶这个名字竟然脱口而出了,"是的,我是首席督学布鲁诺·布莱克。"

"**首席督学!**"摩尔夫人惊恐地说。

"是的,我是。"他挺直身子,把嗓音变得更低沉。没错,一个伪装大师就应该这么做。"我的任命是今天确定的。不要再拖延时间,开门让我进去。"

她推开教室的门,退到一边,布鲁诺·布莱克先生走了进去。

"冒号!"斯梅利教授叹了一口气。他闭着双眼,面朝天花板微仰着头,左手手指放在他皱着的眉头上。"还有分号!"他继续道,"它们之间的区别很细微,但又非常精确。"

包括爱丽丝·奥比在内的孩子们,都扭头看着走进来的不速之客。

"以下面的句子为例,"教授说,"听听冒号和它的兄弟分号所引起的停顿的时长。听的时候,记下那些我精心选择的形容词和富有诗意的音韵。'我有三个心爱的宠物:一个是滑溜溜的蝾螈;一个是喘着粗气的大腹便便的猪;一个是饥饿的马。"

"真的吗?"布鲁诺·布莱克打断道。他打开笔记本,用铅笔轻轻地在本子上叩着。

教授愣了一下,睁开眼睛。

"这位,"代理校长说,"是首——首席督学布鲁诺·布莱克先生。布莱克先生,这位是斯——斯梅利教授。"

"哈!"布鲁诺说,"叫斯梅利的教授跟猪、马和其他什么东西有交情。"

"蝾螈,"教授说,"这种皮肤光滑的两栖动物有时会被误认为是蜥蜴。"

布鲁诺胡乱地做着记录。

"我提到这些动物,"教授解释说,"是为了表现舌头的美妙与灵活。"

"你的舌头很灵活?"

教授皱起眉。

"不是,至少不像蝾螈的舌头那样灵活。实际上,我当然也没有这些宠物,布莱克先生。我只是用它们来造句。"

"所以,你撒谎了,关于你的舌头和宠物?"

"撒谎?我不会把这些称为谎言。"

"**你**或许不认为这些是谎言,"布鲁诺·布莱克说,"但我,作为首席督学,也许会认为这是谎言。是的,我确实认为这是谎言,那些孩子们可能也会这么认为。"

他转向孩子们。

"孩子们,这个教授告诉你们他养了一只蝾螈、一头猪和一匹马,而且这匹马很饿,对吗?"

"是的,先生。"爱丽丝和其他学生回答。

"是的,先生,千真万确!"布鲁诺·布莱克重复道,"你确实有一条灵活的舌头,哥们儿。你巧舌如簧,引导这些可怜的孩子走上歧途。我记了第一个要点,先生,而且是一个污点。没错,首席督学布鲁诺·布莱克所记录的一个重大污点。"

教授盯着他看。

"**这,**" 布鲁诺·布莱克说, "可能导致很严重**很严重**的麻烦。"

"**麻烦?**" 教授慌了。

"事实上,我想知道,先生,"布鲁诺继续说,"你是否真的是一个教授,你在这个学校出现是否建立在一连串的谎言上。我甚至怀疑你那可笑的名字是假名,而且所有的一切都是可笑的伪装。"

"我当然是斯梅利教授!我是来自历史悠久而优秀的沼泽神侃大学的教授。我有七个荣誉博士学位,我是一个研究员……"

布鲁诺·布莱克用双手捂住了耳朵。

"废话连篇!"他说,"你的博士学位对我们毫无意义。实际上你的头发也是如此。"

"我的**头发?**"

"是的!你一定注意到我把自己的头发梳得很整齐,而你的头发像是刚被大风吹过。老兄,把头发弄整齐,把领带弄直,把裤子提起来!给孩子们做个好榜样!"

教授凝视着空气,按着这些要求做了。

"好多了！"首席督学说，"现在继续上课。请注意你的语法。"

"语法？"教授紧张地倒抽了一口气，问道。

"先生，你是想表达语法不重要吗？"

教授张口结舌，他试着说点什么。布鲁诺在本子上胡乱地记录着。

"别盯着我看了，斯梅利，"他说，"继续上课，我也会继续视察。"

他坐在爱丽丝·奥比的桌子旁。他向仍然站在门口的摩尔夫人挥了挥手。

"你可以离开了，女士，"他说，"我需要独自留下来对这个爱撒谎的头发杂乱的教授进行考察。"

她关上门，离开了。教授又闭上了眼睛。他把脸转向天花板。

爱丽丝看着布鲁诺·布莱克。

"您**看起来**不像一个督学。"她低声说。

"那我看起来像什么呢？"他低声问道，"玛丽莲·梦露？"

他暗笑道，是很好的伪装选择，以后可以试一试。

"我当然是督学，"他说，"你规矩点！"

他在笔记本上做着看似很重要的记录。

"句号简洁明了！"教授用响亮却颤抖的声音说，"这往往是因为需要这样的效果。逗号也一样……"

他停顿了一下，看着督学，好像督学正在变成一个黑洞。

"继续！"布鲁诺·布莱克命令道。

教授犹豫了一下，然后继续讲课。布鲁诺在笔记本上胡乱画了个小天使。他把它拿给坐在他旁边的名叫帕迪·阿姆斯特朗的男孩看。

"你见过这个东西吗，伙计？"他压低声音问。

他从桌面滑了50便士过去。那个男孩的眼睛睁得大大的。

"啊，对。"帕迪低声说。

"在哪里？"布鲁诺·布莱克说。

"他在画画。"

"画谁？"

"不是，"爱丽丝·奥比说，"帕迪的意思是他在上蒙特韦尔第老师的美术课。"

"在美术室。"帕迪补充道。

他拿起那50便士，塞进口袋里。

"例如感叹号。"斯梅利教授说，"正如我们所看过的……"

"**够了！**"首席督学布鲁诺·布莱克大声喊道，"这些孩子和我已经听够了这些废话！难道你不知道是'看到'，而不是'看过'吗？"他挥了挥他的笔记本，"我看透你了，斯梅利！你在领着这些孩子走上歧途。你就是一个浑身是毛的不讲语法的骗子！谁现在带我去找代理校长！"

爱丽丝站了起来。

"我带您去，先生。"她说。

她想，这真是一个奇怪的督学。今天真是奇怪的一天。不过，比上教授的资优教育课可有趣多了。趁机溜走就更好了。

她领着布鲁诺·布莱克走到教室门口。

他在门口停下，转向斯梅利。

"我会，"他宣布，"建议立即解雇你！"

12

蒙特韦尔第老师总是美丽迷人的,特别是今天。阳光透过美术室的窗户照在她金色的头发上。她穿着橙色上衣、紫色牛仔裤,戴着海豚形状的吊坠耳环。

她班上的学生,包括杰克和南希,都穿着美术课专用围裙。他们都站在画架旁,周围摆放着大幅的纸张、水罐、画笔和各种颜料盘。

安吉利诺坐在桌上一个倒扣着的油漆罐上,翅膀在他的身后张开着,他的衣服上有午休时弄上去的泥渍,他的下巴上有一点黄色的蛋奶糊渍。

蒙特韦尔第老

师在孩子们中间走动着。

"哇,漂亮极了,姑娘!"她说,"画得很好。那里加一点红色怎么样?还有那个线条,看,给它加一点曲线。啊,对,**就是那样**,亲爱的!要大胆地相信自己能做到。不要害怕把事情搞砸。哦,阿里,那太棒了!多琳·克雷格,你超越了你自己!天啊,穆斯塔法,画得太可爱了!"

她使劲地鼓着掌。

"拥有你们这一群学生,我真是太幸运啦!"

她从画架间挤过去,眉开眼笑地看着安吉利诺。

"有你在身边,我们多么幸运啊,小伙子!"

安吉利诺鞠了个躬,振了振翅膀,还放了一个屁。

"想象一下,"蒙特韦尔第老师说,"如果达·芬奇有这个机会!或者鲁本斯!或者毕加索!他们会用什么来换……"

她转向门口,因为门开了,门口站着布鲁诺·布莱克、爱丽丝·奥比和摩尔夫人。

"有访客!"她大声说道,"请进!加入我们吧!摩尔夫人,我知道您是一个繁忙的重要人物,但可以给自己买个画架、宠物和一些颜料!你好,可爱的爱丽丝!你旁边这位可爱的小伙子是谁呀?"

"首——首席督学。"摩尔夫人结结巴巴地说。

"见到你很高兴,小伙子。"蒙特韦尔第老师说,"视察我们最好的方式就是加入我们。请进。一起来!"

"他们会用**什么**来换?"布鲁诺问。

"他们?"蒙特韦尔第老师说。

"鲁本斯、毕加索,还有另一个谁?"

"是达·芬奇,首席督学。列奥纳多·达·芬奇也许是他们当中最伟大的艺术家!"

"是的。就是他。他会用什么来换天使呢?"

"哦,亲爱的首席督学。这样的艺术家会奉献他们的心和灵魂。他们会像这些孩子一样毫无保留。大吃一惊、激动、喜悦、目瞪口呆。"

她微笑着说。

"他们会脱掉黑色的西装,用孩童般的眼睛注视着他,满怀惊奇地用木炭、黏土和颜料塑造他。"

首席督学注视着她,看着阳光是怎样使她的头发熠熠生辉,她的眼睛是怎样地闪耀,她是怎样时不时地微笑,她是怎样……

"来,小伙子!"她说,"脱掉外套。放松。"

他退缩了,摇了摇头。

"不!"他厉声说,"现在不是脱外套的时候,女士。继续上课!摩尔夫人,你要留在这里吗?"

摩尔夫人急忙离开了美术室。

他在一张桌子旁坐下,看着安吉利诺。他开始自己画天使,以便给老板看。奇怪,这东西似乎比午休踢足球时更大了。

爱丽丝坐在旁边,开始画布鲁诺·布莱克。**他是谁?**她很好奇。他**不可能**是督学。

"试试在那里加点阴影,布莱克先生。"

说话的是南希,她站在布鲁诺的身旁。

"你在试探我吗,孩子?"布鲁诺低声呵斥。

她大笑起来。

"我**当然**没有。我正试着**帮您**。在那里加一些阴影可以呈现出翅膀的影子。"

"我不需要帮助。"

"我叫南希。我们都需要帮助。也许您应该仔细观察。蒙特韦尔第老师,"她大声说,"我觉得首席督学需要近距离观察。"

"是的,亲爱的!"蒙特韦尔第老师说,她挥动双臂做了个飞行的动作,"安吉利诺!你能飞到亲爱的首席督学旁边吗?"

安吉利诺照着做了。他从那些嬉笑着的孩子们的头顶上飞过,朝着首席督学飞去。他落在南希的肩膀上,坐在那里凝视着布鲁诺·布莱克的眼睛。

"啊,对。啊,对。孩子。"他动听而轻柔的声音响起。

"这是那个非常重要的首席督学。"南希说。

安吉利诺咧嘴一笑。蒙特韦尔第老师走到了南希身边。

"我敢打赌你从来没看过莫事情都像他这样。"美术老师说。

"是'看到',不是'看过'。"布鲁诺·布莱克咕哝着,"是'没有什么',不是'莫事情'。"

他在他的本子上胡乱地记录着。

"你真幸运,"蒙特韦尔第老师说,"在你来视察的日子碰到这样一个生灵。"

安吉利诺放了个屁。

首席督学怒视着他,又做起了

记录。

"你在写什么？"蒙特韦尔第老师问。

"做记录，"布鲁诺说，"记录我在这里看到的所有细节。"

"比如什么？"

"比如会飞的天使。比如认为可以随意嘲笑首席督学的孩子们。比如不懂礼仪和语法的老师。比如那些会导致严重麻烦的事情。"

"噢，首席督学！笑一笑，亲爱的。放声大笑。我们这里喜欢笑声，对吧，孩子们？"

"是的，蒙特韦尔第老师！"孩子们回应道。

"可怜的唐金校长，他的问题，"蒙特韦尔第老师说，"就是不会笑，不会开玩笑，不会小打小闹。"她降低声音说，"摩尔夫人也有这样的问题。"

"那，"首席督学慷慨激昂地说，"是因为他们都是重要人物，有重要的工作要做。就像我，首席督学布鲁诺·布莱克，也是如此。胡闹够了。把这个愚蠢的天使带走。继续上课。我会继续……"

蒙特韦尔第老师伸出手摸了下布鲁诺的额头。

"你这里有一绺头发乱了,亲爱的。"

她把他的头发整理好。布鲁诺有一刹那神思恍惚,他强迫自己定下神来。

"够了!"他说道。

蒙特韦尔第老师回到快乐的孩子们中间。安吉利诺飞回到他原来的座位上。布鲁诺开始画南希建议的阴影。然后,他停了下来,迅速地给自己写了一句话:

停!不要浪费时间,凯文!

他划掉了**凯文**,把名字改成了**布鲁诺·布莱克**。

给老板打电话! 他写道。

他拿出手机,拨打了老板的号码。老板接听了。

"下午好,老板!"布鲁诺用非常响亮的声音说。

老师和孩子们都惊讶地朝他望去。

"我在给老板打电话。"他告诉他们,"我在向他报告我的视察工作。所以你们最好好好表现。最好注意你们的语法。最好不要再胡闹,否则你们就是下一个被开除的!"

蒙特韦尔第老师笑了。孩子们也在笑。安吉利诺飞到空中,他们都笑得上气不接下气,边笑边画画。

布鲁诺压低嗓门，捂着嘴说话。

"画家，"他轻声说，"我们可以把他卖给画家，老板。他们会不惜一切代价来得到一个适合作画的天使。"

"好主意，K，"老板说，"我已经和一个牧师、一个主教、两个神父和一个意大利的足球经理谈过了。他们没有识破你吧？"

"没有，老板。他们没有任何怀疑，老板。我现在是一名首席督学，老板。"

"恭喜。你不愧是伪装大师，K。不要让他离开你的视线范围。"

"没有，老板。我现在正看着他呢，老板。"教室门被打开了。"我得走了，老板。有人送蛋奶糊来了。"

蛋奶糊来了。贝蒂托着一盘巧克力蛋糕和午餐时剩下的一罐蛋奶糊从门口走进来。她经常会过来给那些来上美丽迷人的蒙特韦尔第老师的美术课的孩子们送加餐点心。今天，她格外快乐，当然，是因为安吉利诺在这里。她容光焕发地走了进来。

"巧克力蛋糕和蛋奶糊!"她大声说。

然后,她停了下来。她看着督学。她的笑容更加灿烂了。

"你好,凯文!"她大叫道,"你为什么没有去上学?"

13

接下来我们看到，首席督学布鲁诺·布莱克奔出美术室的门，沿着走廊，跑出了教学楼，穿过院子朝学校门口全速飞奔而去，摩尔夫人和萨曼莎·克勒德在后面紧追不舍。她们追不上他。布鲁诺的腿很长，跑得又快。但是当他到达门口时，他发现门被锁上了，于是他爬上栅栏，跳到外面，然后穿过马路继续跑，直到消失在远处。蒙特韦尔第老师和上美术课的孩子

们从窗户里看着这一切。安吉利诺在他们的头顶上盘旋，兴奋得尖叫不已。孩子们鼓励摩尔夫人跑快点，再快点，再快一点！

"天啊！"杰克·福克斯说，"好极了！老师，快抓住他！"

爱丽丝·奥比露齿一笑。

"我**就知道**。"她说。

摩尔夫人和萨曼莎·克勒德看不见布鲁诺·布莱克了。

她们跑回了学校。

贝蒂赶紧迎上去。

"噢，"她对代理校长说，"凯文·霍金斯到底在这里干什么？"

摩尔夫人拍拍额头！

"是的！"她说，"霍金斯！我就知道我以前见过他！"

"可是，他**在这里**干什么？"贝蒂说。

她数了数手指。

"我敢肯定他应该还在上学。"

"上学？"摩尔夫人厉声说，"他说他是**督学**，他说他是**首席**督学！"

"哦，他做得很好。"贝蒂说。

"但他不是督学，"萨曼莎说，"他是一个骗子。他说他叫布鲁诺·布莱克。"

"他究竟为什么要**那样做**？"贝蒂摇摇头，"啊，他以前真是个小人精。"

"**小人精？**"摩尔夫人说，"从一开始我就知道那个男孩没有好的未来！萨曼莎，给警察打电话！告诉他们有一个坏蛋逃跑了。"

14

贝蒂和安吉利诺放学回到家后,贝蒂开始做伯特最喜欢的食物:用胡萝卜、卷心菜和大量肉汁做的牧羊人馅饼。这不是安吉利诺喜欢的食物,因此她又给他做了一小碗加了香蕉酸奶的树莓果冻,还在上面放了三颗宝石糖。

伯特回来的时候,天已经黑了,星星都亮起来了。

他亲了亲贝蒂,拍了拍安吉利诺的小脑袋。

"我和山姆一起喝酒了。"他说。

"很好。"贝蒂说。

"我把安吉利诺的事说给他听了。"

"他说什么了吗?"

"他说安吉利诺听起来不错。他说他想见见他。他还说他很为我们高兴。"

"那太好了。我做了你最喜欢的食物,伯特。你闻到了吗?"

"我闻到了，亲爱的。我等不及要大吃一顿了。"

他们坐下来喝茶。安吉利诺坐在一个烤豆罐上，把碗放在自己的腿上。他用宝石糖蘸了点酸奶，然后把上面的酸奶舔掉，嘴里哼着小曲。

"他越来越大了。"伯特说。

"我知道，"贝蒂说，"我得给他做几件新衣服。那件衣服穿着像一条迷你裙。你一定猜不到我们要告诉你什么，伯特。"

"那么，是什么呀？"

她咬了咬嘴唇，把眼睛睁得大大的，说："他在学说话，伯特！"

"闻所未闻！他说了什么？"

"来，安吉利诺，"贝蒂鼓励他，"告诉伯特，你说了什么。"

安吉利诺放下宝石糖，舔了舔嘴唇，吸了一口气，说道："我莫事情都不知道，而且我不知道我是谁。"

伯特惊讶得说不出话来。

"你觉得怎么样？"贝蒂说。

"太神奇了，"伯特说，"干得好，儿子。我为

89

你感到骄傲。"

贝蒂嘻嘻一笑。

"安吉利诺,我说过他会为你骄傲吧?"她说。

安吉利诺看起来很高兴。

伯特惊奇地摇了摇头。

"蒙特韦尔第老师教的,"贝蒂说,"他还学习了写作。"

"嗯,真没想到!"伯特说,"多聪明的小伙子!"

"**不止这些!**"贝蒂告诉他。

"还有什么?"伯特说。

"飞!"贝蒂说,"安吉利诺会飞!"

伯特哈哈大笑。

"他当然会!"他说,"他是天使。他肯定会飞。来吧,小安吉利诺。给我们飞一圈吧。"

贝蒂挥动着胳膊鼓励他。安吉利诺扇动翅膀,飞过了桌子,飞过了牧羊人馅饼、宝石糖和果冻。然后落了下来。

"噢,"贝蒂说,"天使是不是会长得很快?"

伯特开怀大笑。

"真是个大奇迹啊!"他说。

他开始享用他的牧羊人馅饼。安吉利诺在旁边舔啊,吃啊,哼着歌。贝蒂边吃边笑。她给了伯特一碗酸奶果冻。

"你还记得一个叫凯文·霍金斯的小伙子吗?"

"不太记得了。"

"他是我之前工作的圣迈克尔育儿所的小孩。"

"啊,原来是这样啊?"

"啊,对。他跟别人说他在当督学。"

"他做得很好。"

"我也是这么说的。但是,他似乎不是。"

"不是?啊,好吧。你准备给安吉利诺做什么衣服呢?"

"可能做几条牛仔裤吧,还有孩子们流行穿的格子衬衫。"

"很好。你会在衣服两边给他的翅膀留洞吧?"

"啊,对。而且我会用放在楼上抽屉里的皮料给他做几双鞋。他穿上是不是很好看?"

"他看起来最好看。"伯特哈哈大笑着说,"提醒你，他长得这么快，你很快就得给他换一套了。"

"我知道，"贝蒂说，"孩子嘛，是吧？"

她朝安吉利诺眨了眨眼。

"啊，对。啊，对。孩子。"他说。

吃完饭，他们坐在沙发上，打开了电视。安吉利诺坐在贝蒂腿上。电视里正在播放新闻，画面上出现了摩尔夫人。

"是摩尔夫人，"贝蒂说，"看，安吉利诺，是代理校长！"

她穿着绿色外套站在学校门口，在谈论今天混进学校冒名行骗的布鲁诺·布莱克。萨曼莎·克勒德站在她旁边，戴着干净的头巾和大大的耳环。

"这是一种卑鄙的行为！"摩尔夫人说，"一定要抓住那个冒牌督学！"

接着，斯梅利教授出现了。他的头发梳得很整齐。

他说："我从未受过这样的侮辱。他叫我，我很难说出口，他说我是一个浑身是毛的不讲究语法的骗子！"

"不讲究语法？"记者说，"那言辞相当激烈！"

"还有，"教授说，"他想解雇我！事实上我已经被解雇了！"

"被解雇了？"

"是的。代理校长决定的！"

"但很快这个决定就被撤回了，"摩尔夫人说，"当得知关于那个坏蛋的真相后。"

"真相**是什么**？"记者问。

"真相，先生，"摩尔夫人说，"就是那冒牌的督学布鲁诺·布莱克原来的名字是霍金斯。凯文·霍金斯。"

"是谁发现了这个骗局，摩尔夫人？"

"是我们学校的厨师，贝蒂·布朗。她一下就认出了那个坏蛋。"

"噢！"贝蒂说，"她说贝蒂·布朗！我上电视了！"

但是，紧接着她摇了摇头。

"这太粗鲁了，"她说，"没来由地把一个像凯文这样的小伙子叫作**坏蛋**。这个世界的坏蛋已经够多了，何必把那些假装自己是坏蛋的傻小子们也算进来呢？"

"你说得对，亲爱的。"伯特说。

就在这时，敲门声响起。

伯特打开门，两个魁梧的戴头盔的警察站在那里。

15

他们走进来,一屁股坐在伯特和贝蒂的小沙发上,高大些的警察说:"我叫格朗德。"他拍拍头上的头盔,指着自己袖子上的警衔标志。"格朗德**警官**。这是我的同事警员波义耳。"

两个警察把头盔摘下来,放到膝盖上。波义耳秃顶得厉害。他的手里拿着一个笔记本。

"我们来这里,"格朗德警官说,"是想了解一个叫凯文……"

"霍金斯,长官。"波义耳说。

"是的,霍金斯。"格朗德说,"布朗太太,你能告诉我们关于他的信息吗?"

"好吧。"贝蒂说。她的声音有点颤抖。她发现在两个警察面前说话很难。

"你们要吃点果冻吗?"她问。

"不用了,谢谢你,太太。我们想要一些……"

"线索。"波义耳说。

"没错,"格朗德说,"我相信你以前认识凯文。"

"是的,长官,"贝蒂说,"在圣迈克尔育儿所认识的。"

"他那时有成为罪犯的迹象吗?"

"哦,没有,他那时好极了。"

"好?"

"是的,长官。当然也有犯傻的时候。"

"犯傻?"

"容易被带坏,长官。这使他陷入各种麻烦。"

两个警察都眯起了眼睛。

"麻烦?"波义耳说。

"具体解释一下,太太。"格朗德说。

"好吧,"贝蒂说,"如果有人说'爬到学校屋顶上,凯文',他就会爬到学校的屋顶上。如果有人说'带一桶青蛙到学校',他就会把一桶青蛙带到学校。"

"**对我来说**,这听起来不像是好极了,太太。"格朗德警官说。

他看上去很严肃。

"你记下来了吗,波义耳?"

"是的,长官。"波义耳说,"**犯傻。一桶青蛙。**"

警员波义耳写完这些,转向桌子,盯着安吉利诺看。安吉利诺也盯着他看。

"啊，对。啊，对。孩子。"安吉利诺说。

波义耳跳了起来。格朗德也盯着天使看了一会儿。

"集中精神，波义耳！不要……"

"分心。"波义耳说。

他眨了眨眼，继续做记录。

"多说一些。"格朗德说。

"他喜欢吃我做的布丁香肠。"贝蒂说。

"不止他喜欢，"伯特说，"你肯定没有尝过比我家贝蒂做的布丁香肠更好吃的东西。"

格朗德叹了口气。

"我们需要的是事实，太太，"他说，"布丁香肠是无关紧要的。我们需要能帮助我们追踪这个坏蛋的事实。他以前有过伪装行骗的事例吗？"

"他曾经是个天使！"贝蒂说，她突然想起来。

"天使？"

"是的，当然不是真的天使。不是像安吉利诺这样的天使。"

"安吉利诺？"

"是的，我们的天使。桌上的就是他。"

两个警察慢慢地回头再看向安吉利诺。天使斜靠在烤豆罐旁,吃着宝石糖,直直地看着他们。

"在学校的圣诞演出中,"贝蒂继续说,"他从耶稣、马利亚和圣约瑟头顶的屋梁上跳了下来。他们把他放在那里,免得他惹麻烦。噢,我想起他当时的样子了,傻乎乎的小凯文拍打着翅膀,"她咯咯笑着说,"然后,他掉了下来,**'砰'的一声**掉进了耶稣出生的马槽里。"

"典型的!"波义耳嘟囔着,"小恶魔!"

"没有造成伤害,"贝蒂向他保证,"只是折断了翅膀。他的父母当时没去看他。"

"肯定是受够他的犯傻行为了。"格朗德说。

"哦,不是,"贝蒂说,"他妈妈和一个叫拉里的鱼贩子一起厮混,他爸爸呢,只顾着去醉鸭酒馆喝酒。"她摇摇头说,"可怜的凯文。"

"**可怜的**凯文?"

"是的,先生。毕竟,他还只是一个小孩。他多大了,十五岁还是十六岁?难道他不应该还在上学吗?他是被开除了吗?"

"太太，似乎，"格朗德警官说，"是他自己逃学的。他最近六个月都没去上学。他好像从地球上**消失了**。"

贝蒂惊讶地用手捂住了嘴。

"从**地球**上？"她说。

"是的，太太。现在我们怀疑他一直躲在犯罪团伙里，直到他以一个留胡子的黑衣人形象重新出现。他成了一个冒牌督学。他现在成了……"

格朗德警官顿了一下，深吸了一口气，然后用低沉而严肃的声音说：

"他已经成了一个在逃的坏蛋。"

"**坏蛋？**"

"是的。但他逃脱不了法律的制裁。他逃不出格朗德和波义耳的手掌心。他会……关于他的，你还有什么要告诉我们的吗？"

贝蒂想了想。

"嗯，他跑得很快。他吐口水比其他男孩吐得远。他喜欢在校园剧里演出。他能模仿所有老师的声音……"

"名副其实的伪装大师。"格朗德警官喃喃低语。

"是的,长官,"贝蒂同意道,"他还会……"

"会什么?"

"嗯,这有点尴尬,长官。"

"快讲,女士。我们需要这些事实。"

"他能有节奏地放屁,先生。"

"他能**做什么**?"

"他会放屁,像吹小号一样放屁,先生。"

警官向后缩了缩身子。

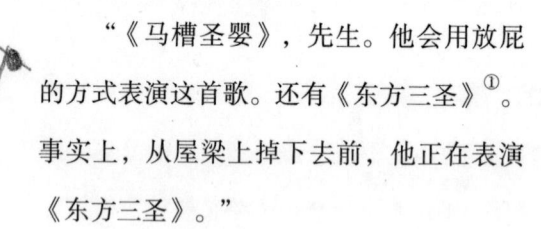

"《马槽圣婴》,先生。他会用放屁的方式表演这首歌。还有《东方三圣》[①]。事实上,从屋梁上掉下去前,他正在表演《东方三圣》。"

警官双目圆睁。

波义耳吹起了《东方三圣》的口哨。

"这就是《东方三圣》,长官。"他对警官说。

"**我知道**这首歌,波义耳!"警官说,"你记下

---

①这里提到的《马槽圣婴》和《东方三圣》都是圣诞颂歌。——编者注

来了吗？"

"是的，长官。"波义耳回答，"**似乎已经消失了。伪装大师。八字胡。一桶青蛙。放屁就像吹小号。《东方三圣》。逃不出格朗德和波义耳的手掌心。**"

格朗德警官双目茫然地看着空白处。也许他也看见了教授看的黑洞。

他举起头盔准备戴上。

他停了一下。

"请问，"他说，"你们是怎么抓到这个天使的？"

"哦，不是我们抓的，先生，"贝蒂说，"是他自己来的。"

"他自己来的？"

"在我的口袋里，"伯特说，"在我开公共汽车的时候。当时我还以为是心脏病发作了。"

"他有什么目的？"

"我不认为他有什么目的，长官。"

大块头格朗德和大块头波义耳审视着小安吉利诺。

"他很好，对吧？"贝蒂说。

"看来，"格朗德警官说，"你认为许多人和事都很好,布朗太太。"

"没错,"贝蒂说,"因为他们确实很好。"

"**是吗**?"警员波义耳嘟囔道。

他戴上头盔。

安吉利诺放了一个屁。

两个警察都盯着他看。

"坏安吉利诺!"伯特说。

"**他**会表演圣诞颂歌吗?"警员波义耳问。

"我不这么认为,长官,"贝蒂说,"不过,我们认识他也没多久。"

格朗德警官拍了拍脸颊。他眯起眼睛,似乎在思考一个重大谜团。

"放屁的天使、八字胡坏蛋。这个世界到底是怎么了?"

"不知道,长官,"波义耳说,"你是警官,长官。"

"是的,我是。"格朗德说。

"我做了一些美味的蜜糖馅饼,"贝蒂说,"你们确定不想……"

"不了,太太!蜜糖馅饼和这件事没有关系。"

16

他们一走,伯特哼了几首颂歌,然后把报纸盖在脸上,打起了盹儿。财政大臣上了头版。他看上去很严肃。他说,应该使穷人更穷,那样他们才会更加努力致富。他的照片随着伯特的鼾声抖动起伏。贝蒂打开她的缝纫机。她用一块蓝色的旧窗帘开始给安吉利诺做裤子。她拿着布料在他身上比画着量好尺寸,在腰的位置上缝了松紧带以便他提裤子。她找了一块格子抹布给他做衬衫,她在上面剪了几个洞好让安吉利诺把翅膀伸出去。安吉利诺坐在他的烤豆罐上,随着缝纫机工作的声音,一边摇摆,一边哼唱。贝蒂拿出熨斗和熨衣板把新衣服熨平。

"穿上,宝贝。"她对安吉

利诺说,"看,腿从这里穿过去,头从这里钻出来,这些洞是给你的翅膀准备的。明白吗?"

他似乎明白了。当他脱衣服时,她背过身去。她给了他几分钟时间换衣服。

"穿好了吗?"她说。

她转过身来。裤子穿得很好,但是他把衬衫缠到一块了。她帮他把衬衫穿好,把翅膀从洞里伸出去,把衣服都拉平,整理好。她用一把小梳子梳着他金黄色的头发。

"站直了,"她说,"让我看看你。"

他照做了。贝蒂双手托着腮看他。

"哦,安吉利诺,"她低声说,"哦,多帅气的男孩啊!"

她轻轻拍了拍伯特的肩膀。

"醒醒,伯特,"她说,"快醒醒,看看我们的安吉利诺。"

伯特把报纸从脸上拿开,咕哝着揉了揉眼睛。

他惊讶得说不出话来。他用胳膊搂着贝蒂的肩膀。他们一起凝视着站在桌子上的焕然一新的小天使。

"啊。对。啊。对。孩子。"安吉利诺说。

他放了一个屁。他们咯咯笑了起来。

"坏安吉利诺,"伯特说,"可爱的坏安吉利诺。"

他们笑个不停,擦了擦幸福的眼泪。

17

他们又看了会电视,但没什么好看的。伯特喝了一杯啤酒,贝蒂喝了一杯茶。安吉利诺似乎很喜欢他的新衣服。他昂着头大踏步在桌上走了一个来回。他不停地整理着他的裤子和衬衫。有时他还会跳起来飞一圈。好几次,他停下来,挺起胸膛说:"我莫事情都不知道。"

伯特和贝蒂开怀大笑。

"不,你知道,"贝蒂说,"你知道**很多**事情。"

"你知道你的名字。"伯特说。

安吉利诺看着他。

"来,"伯特说,"说。我——叫——安吉利诺。"

安吉利诺挺起胸膛,用他那动听的温柔声音说:

我叫安吉利诺!

"真可爱!"贝蒂说,"你很快就会像其他的小孩那样叽叽喳喳个不停了。"

贝蒂看向别处沉思了一会儿。然后她离开客厅,把卧室墙上那幅小男孩的照片拿了出来。伯特看见了。

"贝蒂,"他低声说,"你确定吗?"

"是的,亲爱的,"她说,"只要你同意。"

伯特耸了耸肩,从椅子上站起来,给了她一个吻。

"我想他需要了解他的家庭。"他说。

"安吉利诺,"贝蒂说,"过来坐一会儿。"

安吉利诺从桌上飞到了她的腿上。

贝蒂拿着照片给他看。

"这是保罗。"她轻声说。

安吉利诺看着小男孩的脸。

"他是我们的儿子。"贝蒂说。

她看着安吉利诺看保罗的照片。

"他可爱吗?"她说。

"他和你一样可爱,儿子。"伯特说。

贝蒂长叹了一声。

"他很久以前来到我们身边。但他没待多久。他病得很厉害，他很累。他不得不回天堂。"

伯特笑了，眼神痴痴的。

"噢，有时他也会犯傻。"

贝蒂也笑了。

"是的，他会，安吉利诺。他可能是一个小**魔鬼**，就像所有的小孩那样。"

"保罗。"安吉利诺柔声说。

"是的！"贝蒂说，"保罗！"

"我们家的一员。"伯特说。

安吉利诺紧贴着照片，他的脸几乎和保罗的脸挨在一起。

"啊，对。啊，对。保罗。"他说。

然后他围着桌子边跳边唱："保罗！保罗！保罗！"

18

夜越来越深了。伯特又盖着印有财政大臣照片的报纸打盹儿。贝蒂用一块皮革给安吉利诺做了几双鞋。她还做了些衣服,安吉利诺一一试穿了。一件红色衬衫、一件绿色衬衫、一件漂亮的黄蓝格子外套、一条裤子。

还有一套印花睡衣。

"都这个点了!"她说,"时间过得真快。儿子,把这套穿上。"

他穿上睡衣。他看起来很可爱。贝蒂把抹布的边缘舔湿,用它来擦了擦安吉利诺的脸。

"伯特。"贝蒂说。

伯特醒了,印有财政大臣照片的报纸飘到了地上。

伯特揉了揉眼睛。

"什么事,亲爱的?"他问。

"我觉得安吉利诺今晚应该睡楼上的房间。"

"你说得对,"伯特说,"他变得太大了,那个箱子睡不下了。"

"来,小家伙,"贝蒂说,"你该上床睡觉了。"

她把他抱起来,吻了他一下。

"你明天要精神抖擞地去上学。"她说。

"我一直在想一件事。"伯特说。

"关于什么的,亲爱的?"

"我想明天可以带他坐公共汽车。"

"嗯,那学校呢?"

"他该看看外面的世界了,不是吗?没有比跟着公共汽车司机坐在车上去看世界更好的方式了。"

"那倒是。我不认为摩尔夫人和教授会很想念他。"

"那么,就这样定了。"

"他会在公共汽车上见到他的一些朋友,对吧?"

伯特搓着手,点了点头。

"很好的一次冒险!太棒了!"

贝蒂把安吉利诺抱上楼,把他放在保罗的旧床上。安吉利诺笑着扭来扭去,他很喜欢待在那里。

伯特把保罗的照片挂回墙上。

他们坐在床边,低头看着小安吉利诺。

"我们很幸运,对吧,伯特?"贝蒂说。

"啊,对。"伯特低声说。

"你应该给他讲个故事,亲爱的。就像你以前讲故事那样。"

"他可能都不知道什么是故事。"

"是的,但他会知道的。"

伯特想了想。

"我想我都忘了那些故事了。"他说。

"不,你没有。你没有真的忘记。"

"你没忘吗?"

"没忘。只要你开始讲,就会想起来的。"

伯特舔了舔嘴唇。安吉利诺躺回到枕头上,看着他,仿佛很期待。伯特盯着别处看了几分钟,好像在看什么很远很远的东西。然后他眨了眨眼,把视线转向安吉利诺。

"从前,"他说,"有一个名字叫杰佩托的木雕工……"

安吉利诺听着,时而微笑,时而叹息。

19

第二天早上，伯特走进了公共汽车站的司机休息室。很多公共汽车停在外面，等着被开走。司机们喝着茶，读着报纸，埋怨着寒冷的早晨，抱怨着乘客和公共汽车站。伯特端着一杯茶，坐在同伴山姆旁边。几十年前，山姆和伯特还是年轻小伙子的时候就开始开公共汽车了。

"我带了一个人来见你，伙计。"伯特说。

他把安吉利诺从他的帆布背包里抱出来，放到桌上，放在那个大茶壶的边上。

"这是安吉利诺。"他说，"向山姆问好，儿子。"

"啊，对。啊，对。孩子。"安吉利诺说。

"你好，安吉利诺。"山姆说。

他看着伯特。

"你说得对，"他说，"安吉利诺真的很好。"

"我当然对啦。"伯特说。

其他司机都凑了过来。

"他是**什么**呀?"鲍勃·布伦金索普问。

"他是个天使,"伯特说,"转一圈,儿子。给他们看看你的翅膀。"

安吉利诺旋转了一圈,拍了拍翅膀。

"**好酷!**"年轻的莉莉·芬尼根说。

"**好美!**"英俊的拉吉·帕特尔说。

安吉利诺咧嘴笑了笑,放了一个屁。司机们放声大笑起来。

"可是,他是怎么到**这儿**来的?"鲍勃问。

"我发现了他,在我的……"伯特开始述说。

"现在,小伙子们!"一个响亮的声音传来。

"还有姑娘们。"莉莉·芬尼根说。

"现在,小伙子们和姑娘们!集合!"

说话的是司机队长奥利弗·克拉布先生。他走进休息室,戴上了司机队长的帽

子。他的外套扣得紧紧的,他的领带打得整整齐齐的,他的队长徽章擦得亮闪闪的。

"听好啦!"他说,"B136号公路波默里卡特路段只有一条车道能行驶,在A947号公路和A2号公路的交会处有一个大坑,图腾高架桥塞死了,醉鸭酒馆外设置了临时的红绿灯,B333号公路上的所有公共汽车站都移动了100米,一辆大型货车堵在格里姆肖店外导致途径高街的车辆都改道低街,A66号公路和B45号公路之间的路障还在,一大群发疯的海鸥正在攻击市政厅,那些黑猫又开始在'黑猫旷野'徘徊。还有不要忘了带售票机,车门没关好前不要开车。为

什么 326 号车和 X79 号车还停在外面？为什么 92 号车挡住了 313 号车？为什么 124 号车走错了路？为什么 42 号车昨晚没有洗车？75 号车应该要去迪普顿，为什么却说是去斯拉普顿？为什么……"

他突然看到了安吉利诺。他皱起眉头。

"为什么这里有个天使？"

"他跟我一起的，"伯特说，"他准备坐公共汽车游览一天。"

"是吗？公共汽车守则上有关于天使的规定吗？"

"我想没有，克拉布先生。"

克拉布先生从口袋里掏出一本小册子，他快速地翻阅。

"似乎没有，"他说，"那么好吧。小伙子们，干活去吧。"

"还有姑娘们。"莉莉说。

"那么，干活去吧，小伙子们和姑娘们。"

"安吉利诺很好。"山姆和伯特边说边走向他们的公共汽车。

"啊，对。"伯特说，"我知道。"

20

今天,伯特一句也没有抱怨。他边开车边哼唱着。他用他的背包带子给安吉利诺做了个安全带,天使挨着伯特的肩膀,坐在公共汽车司机座位的顶部。

伯特很小的时候就爱上了公共汽车。今天,这种感觉又回来了。他喜欢听发动机嗷嗷吼、嘎嘎喊、咚咚响、咕噜叫,喜欢听车门开开关关的声音,喜欢换挡时的声音。他喜欢转动方向盘、踩油门、踩刹车。他喜欢加速、减速、转弯、爬坡、下坡,在繁忙的街道上慢行,在乡间小路上漫游。

他一边开车,一边笑。他又找回了从前年轻时的感觉。

"这就是生活!"他对安吉利诺说,"路路畅通!无拘无束!自由自在!这就是生活的全部意义!"

他沿路给安吉利诺指各种景观。汽车和卡车,商店、酒吧、银行和教堂,公园、田野、树木和树篱,

桥梁、铁路、河流和山丘。他让安吉利诺认识太阳、天空和飘浮的云朵,让他观察所有的人——年轻的、年老的、敏捷的、迟缓的。安吉利诺咯咯笑个不停,他哼着悦耳的曲调。

伯特面带微笑地把车停在公共汽车站前。

"早上好,亲爱的。"他对拄着拐棍的老太太们说。

"小心,伙计。"他对一瘸一拐的老头子们说。

"我来帮你。"他对带着婴儿车和小孩的妈妈们说。

"不要着急。"他对上学的孩子们说。

所有人都看到了安吉利诺,所有人都在微笑感叹。

"看,"妈妈们告诉她们的孩子,"那是伯特·布朗的小天使。"

"太可爱了。"可爱的老太太们说。

"真好看。"友好的老头子们说。

"你好,小天使。"小朋友们说。

安吉利诺微笑着和他们招手。

"我们为你感到高兴。"快乐的人们说,他们打量着伯特,"他让你大变样了,伯特·布朗。"

确实如此。整个上午,伯特一边开车,一边笑着唱歌。

午餐时间,他在小镇边上的汽车司机餐馆遇到了山姆。

他们像往常一样点了馅饼、豌豆和大杯茶。伯特给安吉利诺点了一份冰激凌香蕉船,小天使吧唧着嘴吃了起来。

"好吃吗?"伯特说。

"很好吃。"安吉利诺说。

"生活当然不可能事事如意。"山姆说。

"你指什么,伙计?"

"抚养孩子。抚养一个像安吉利诺这样的孩子。

我家孩子以前很不听话。"

"他不会的。贝蒂和我会好好管教他的。"

"你们当然会。但这是一种责任,伙计。还有钱……你退休之后,如何保证能让他吃上馅饼和冰激凌?"

"也许我还不会退休。"

"我以为你受够了呢。"

"原本是。但我记起了最初开车时的情形。开公共汽车,无拘无束,自由自在,还记得吗?"

"啊,对。"山姆说,"这就是我们想要的一切。"

两个男人的眼睛光芒闪烁。他们回想起他们刚上学的日子,那时他们还是小男孩,在可爱的斯塔布斯夫人的班上。

"记得我们那辆红色迷你双层巴士吗?"伯特说。

"还有我们用纸箱做的车库。"山姆说。

"还有我们假装开往布莱克浦的旅游巴士。"

"记得,伙计。记得。"

他们俩会心一笑。安吉利诺看着他们,似乎也看到了他们还是小男孩时的样子。

他们都看向窗外,看停在外面的闪闪发亮的红色公共汽车。

"请买票!"伯特用带着孩子气的声音说。

"上层的座位多得很!"山姆说。

"呜——呜——!"

"叮叮!"

"叮叮!"安吉利诺重复道。

"哈哈!"他们都笑了,"哈哈哈哈!"

他们咯咯笑着。他们吃着他们的馅饼和香蕉船,喝着他们的茶。

餐厅里的其他人也看着他们微笑。

但是,等等。有一个长着白头发白色大胡子的白衣人正从手里的报纸上方探出头来窥视他们。他不会是,是他吗?他看起来那么不同,但是……

伯特和山姆吃完午饭,回到自己的公共汽车上。

"呜——呜——!"山姆说。

"叮叮!"伯特说。

"呜—呜—!叮叮!"安吉利诺在伯特的肩膀上唱道。

两个好朋友愉快地驾车离去。

白衣人透过餐馆窗户窥视着。

他拿出电话。

"是的,老板,"他小声说,"肯定是他们,老板。"

"但是你让他们离开你的视线了!"老板说。

"别担心,老板。我知道伯特·布朗行车路线上的每一个公共汽车站。"

21

伯特开车回到镇上。圣蒙哥学校外面有几个孩子在公共汽车站等车。三个孩子和蒙特韦尔第老师在一起。他们是南希、杰克和爱丽丝·奥比。他们拿着笔记本、速写本、铅笔和钢笔。爱丽丝拿着昨天那本她从图书馆借来的旧书。杰克穿着他的巴塞罗那队球服,背后印着他的英雄的名字。安吉利诺看到他们上车,兴奋得手舞足蹈起来。

"我们正在做一个项目。"南希说。

"一个项目?"伯特问。

"是的。是关于公共汽车和天使的。"

"这是个新项目,"爱丽丝·奥比说,"是个实验项目。"

蒙特韦尔第老师大笑着说:"你允许这个快乐的团队在你的车上进行我们的项目吗?"

"当然。"伯特说。

他知道贝蒂一想到他参与了一个学校实验项目,一定会很激动。

"那太好了,"蒙特韦尔第老师说,"对了,我叫米利森特。"

"伯特。"伯特说。

她把车费交给他。

"说实话,"南希说,"我想摩尔夫人只是想让我们离开学校。今天有一位政府顾问来学校。"

"这听起来很重要。"伯特说。

南希笑了笑。

"他叫科尼利厄斯·纳特。可怜的摩尔夫人对此非常紧张。"

她朝安吉利诺挥手,安吉利诺也朝她挥了挥手。

"我们可以借用安吉利诺一会儿吗?"她问伯特。

"借?"伯特说。

"我们想观察他,"她说,"画他,跟他说话,更好地了解他。"

"我们正在探索天使的天性,"爱丽丝·奥比说,"我们要思考天使和我们有什么共同点和不同点。"

她给伯特看她从图书馆借的书。

"这本书里有很多天使的照片,但没有一张像我们的安吉利诺的。"

她给伯特看了白色的和金色的两个漂亮天使,它们都长着十分好看的大翅膀。

伯特笑了。

"哈!画天使的人从来没有见过像我们的安吉利诺这样的天使!也许该有人创作一本里面有**安吉利诺**的书。"

"没错!"爱丽丝说,"我们就是做这件事的人,我们今天将在这辆公共汽车上开始做这件事!"

"走吧,司机!"后排有人喊道,"大伙都赶着去目的地、赶着去见人呢!"

"对不起，伙计们！"伯特叫道。

他解开安吉利诺的安全带，把他交给南希照顾。他忍俊不禁。谁能想到他在上幼儿园小班时的梦想会带来这样不可思议的事情呢。

他们都坐了下来，伯特继续开车。

杰克打开一个小型录音机。

他们打开笔记本和速写本。

安吉利诺坐在南希的膝盖上。

"对着麦克风说话，"她对他说，"这样我们就可以录下你的声音了。对了，我喜欢你的新衣服！"

"谢谢。"安吉利诺说。

"衣服是谁做的？"南希问。

"贝蒂·布朗！"安吉利诺说。

"是谁在开车呢？"杰克·福克斯问道。

"伯特·布朗。"安吉利诺说。

他们都笑了。

"你说话进步很快！"爱丽丝·奥比说，"而且你长得也很快！"

安吉利诺对着她露齿一笑。

"你怎么说得这么好，又长得这么快？"南希惊讶地问。

"那你是怎么知道如何**写字**的？"爱丽丝补充道。

"我莫事情都不知道。"安吉利诺说。

他们看着他微笑。他也看着他们微笑。他没说话，只是扇了扇翅膀。

"我们都知道怎么做这些事情，"爱丽丝·奥比说，"也许他和我们一样。"

杰克大笑。

"是的，"他说，"就像我们一样，但他有翅膀。"

安吉利诺哼了一首小曲，一首奇怪却悦耳的曲子，是他们从来没有听过的。他把头向后仰着，闭上了眼睛。

"这首曲子叫什么？"南希问。

天使看着她。他不知道。公共汽车向前开去，穿过城镇，穿过乡村。他们几乎感觉不到它在移动，他们几乎听不到它的轰鸣。他们没注意到伯特通过后视镜看着他们。他们专注在他们的项目中，他们的注意力全放在安吉利诺身上。

"你见过里奥内尔·梅西吗？"杰克问。

"你见过上帝吗？"爱丽丝·奥比问。

安吉利诺看着他们。

"我的书上说天使是上帝的使者，"爱丽丝说，"你带口信了吗？你是从天堂来的吗？"

安吉利诺看着他们，咧开嘴笑，他放了一个屁。

"安吉利诺，你是从哪儿来的？"南希说。

安吉利诺陷入了沉思。

"我莫事情都不知道。"他说。

他们轻轻地察看了他的翅膀。他的羽毛就像鸟的羽毛一样，轻柔的绒毛被粗硬的长毛所覆盖。羽毛上有白色、灰色和棕色的斑点。翅膀是从他的肩胛骨处长出来的。他身体向前倾，让他们看得更仔细。有时他会轻声咯咯笑，好像人类的手指把他弄痒了。

"翅膀真漂亮。"南希说。

尽管公共汽车在摇晃、转弯，但他们都在努力地描摹着那对翅膀，画出他们对那对翅膀的印象。蒙特韦尔第老师说因为汽车晃动而画歪了线条也不要紧。

"没有十全十美的艺术!"她说,"你们在画画、观察、幻想、想象。继续画!你们在仔细观察,你们在呈现事实。"

他们观察和描绘了安吉利诺的脚趾和手指,它们和小孩子的脚趾和手指长得一样。

"你有心脏吗?"南希说,"就像我们一样?"

"我莫事情都不知道。"安吉利诺说。

她把他抱起来,耳朵贴着他的胸口仔细听,尽管公共汽车很吵闹,她还是听到了心跳声。她激动地笑了。

"**扑通扑通扑通**,"她说,"你有心脏,安吉利诺!"

她握着他的手,按在他的胸口上。

"感觉一下!"她说,"**扑通扑通扑通**。你能感觉到吗,安吉利诺?"

安吉利诺睁大了眼睛,眼前一亮。

"扑通!"他说,"扑通扑通扑通!"

"**天使有心脏,**"他们写道,"**天使像我们一样有手指和脚趾。天使在很多方面和我们一样。**"

"我妈妈过去常说我是个小天使。"南希说。

"我妈妈说我是个魔鬼。"杰克笑着说。

"有些故事说魔鬼本身曾经也是个天使。"爱丽丝说。

"怎么会?"杰克·福克斯问道。

"他和上帝都住在天堂,"爱丽丝解释道,"但他不听上帝的话,所以上帝把他赶了出去。魔鬼是上帝的背叛者。"

南希把这个小故事写了下来。

"你是一个背叛者吗,安吉利诺?"她问,"是上帝把你从天堂赶到地上了吗?"

安吉利诺放了一个屁。

"我不相信有人会把*你*赶出去,安吉利诺。"蒙特韦尔第老师说。

她抚摸他的头发。很柔软,就像婴儿的一样。

他们画呀,写呀,聊呀,思考呀,公共汽车在小镇上穿梭,它停下又开动,乘客们上上下下,有些乘客相互推挤着说:"天使!看,一个小天使!"有时候,伯特从后视镜看着他们,开心地咧开嘴笑,他还摁了一两下喇叭。公共汽车向前开去,走走停停,刹车呼哧响，车门嘎吱叫，挡位操纵杆咔嗒响，车厢内不时传来嗡嗡嗡的响声。

杰克举着录音机四处走动，捕捉各种嘈杂的声音——引擎、刹车、车门和公共汽车上的每个人发出的声音汇成的交响乐。

外面，阳光照耀着车顶。

"我们多么幸运啊，"蒙特韦尔第老师说，"在这么美好的一天外出体验这么美好的世界！"

安吉利诺拍打着翅膀。他在孩子们的头顶上盘旋，他们画他飞的样子，那么轻，那么奇怪，那么美丽。他扭着身子飞，他换了一个方向飞。公共汽车还在行驶。它的发动机在轰鸣，每次换挡，操纵杆都会咔嗒响。它减速了，它停了下来。车门"呼哧"一声响，打开了。

一只手突然伸到空中，抓住了小天使。

是那个长着白色大胡子的白衣人！他一直都在车上！他把安吉利诺攥在手里！他冲出车门，冲进人群拥挤的街道上，从人们的视线中消失了。

22

想象一下。一个白色的小房间，天花板上挂着一个灯泡。仅有的一扇窗户被黑色窗帘遮得严严实实。屋子中央放着一张方桌。两把椅子面对面摆放着。一个长着白色大胡子的白衣人坐在其中一把椅子上。没错，是他，公共汽车上的那个家伙。他就是布鲁诺·布莱克，冒牌首席督学。他的真实身份是伪装大师凯文·霍金斯。他坐在另一个家伙对面。这个人穿着黑衣服，用一个黑色牛仔面具遮住了眼睛。他一定是老板。桌子上横放着一条铁链，一端钉在桌上，一端拴住了天使的一个脚踝，天使穿着牛仔裤和肩膀处为翅膀留了洞的格子衬衫，他就是安吉利诺。

天使双肘撑着膝盖，双手托腮，坐在桌上。

老板笑了。

"干得好，K。"他说。

"谢谢，老板。"

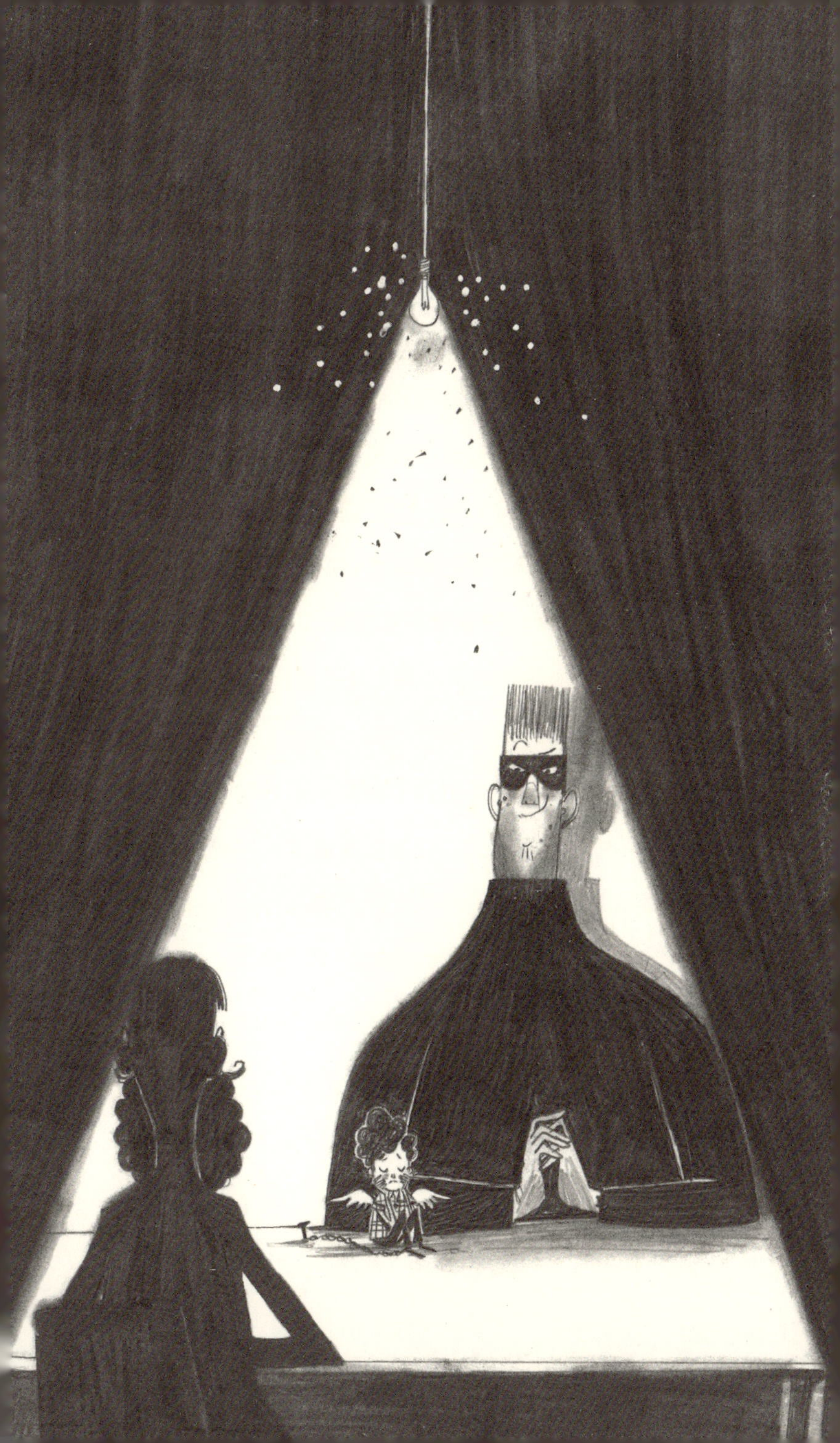

"你现在是个彻头彻尾的坏蛋了。"

"谢谢,老板。"

老板身体前倾,盯着安吉利诺看。

"你之前过得不错,小伙子。"他咆哮道,"公共汽车司机的口袋、可口的学校饭菜、甜美可爱的小孩,还有所有人都在说'他多么可爱啊''看他是怎么飞的''听听他是怎么说话的''他是我们在这个美好的世界上见过的最可爱的天使吗?'。好吧,欢迎来到现实世界,小家伙。欢迎来到老板和他的搭档K的世界。我们是邪恶的,我们是恶魔,我们是坏蛋。我们是你最可怕的噩梦!"

老板把脸凑近小天使。

"我们,"他低声说,"是魔鬼。"

两人邪恶地大笑。

"我想要伯特,"安吉利诺说,"我想要贝蒂。"

老板冷笑了一下,他又笑了一下。

"你和他们的一切都结束了,小伙子。你属于**我们**了!K,电话!"

K拿起话筒,递给老板。老板拨了一个号码。

"我们得到它了，"他对着电话吼道，"啊，对，就像我跟你说的。像鸟一样长着翅膀的小东西……啊，对，我们将在周末考虑报价。起价是十万……贷款？不，我们不接受什么贷款。要么给现金，要么就别要。报价吧，否则你就没有机会了。"

他挂了电话，又拿起话筒，拨了另一个号码。

"下午好，阁下……是的，我们确实有……没有，没有人知道……是的。当然可以……哦，在您那些镀金的柱子和彩绘的天花板的映衬下，他会显得光彩照人的……我应该跟您说一声，还有其他人也感兴趣……非常感谢您，先生。"

他放下电话，又拿起，再次拨号。

"巴杰，"他咆哮道，"它就在这儿……现在……是的，翅膀是真的。没有造假，不是耍把戏……他当然会飞……当然，把他关在那个巨大的笼子里，看起来会很棒——人们会从各地赶来看他……他吃什么？蛋糕和蛋奶糊，我想。这些就够了。"

他放下电话，搓着双手。

电话铃响了。他拿起听筒。

"是的，阁下。当然，我们有出售的权利。他在我们手里。没有其他人对他有所有权。他现在属于我们……不，先生，不会有任何来自当局的麻烦。警方不会介入。毕竟，一个人怎么能偷天使呢……？谢谢……是的……不……当然可以。我们期待您的报价，先生。能在星期一前让我们知道您的报价吗？"

他把电话放下，戳着安吉利诺的肋骨。

"这就是你现在所在的世界，"他对安吉利诺说，"一个疯狂的、糟糕的、狂乱的、堕落的世界，充斥着骗子、恶棍以及像我和K这样的坏蛋。我们运气好，正好抓住了你。"

他哧哧笑着，吼叫着，拍着双手。

"你，我的孩子，"他说，"真是天赐之物。"然后他让自己平静下来，轻声质问，"那么，你原来生活的地方还有其他的天使吗？"

安吉利诺瞪着他。

"有没有其他长羽毛的朋友？"老板问道，"还有其他出现在公共汽车司机的口袋里或厨娘的蛋奶糊罐里的天使吗？"

K忍不住笑了。

"想象一下！"他说，"一个小天使从贝蒂做的蛋奶糊里爬出来！"

老板瞪了他一眼。

"这不是一件好笑的事，K。如果还有其他天使的话，我们需要第一个知道。"

"啊，对，老板。你说得对，老板。对不起，老板。"

"你做得很好，K。眼神锐利、伪装出色。我为你感到骄傲。但你必须集中注意力，你要保持警觉。"

"谢谢，老板。老板，我会尽力的。"

老板又戳了戳天使。

"快点。说话。告诉我们你的同伴在哪里。告诉我们他们藏在哪里飞。他们有没有落到其他口袋里？"

安吉利诺只是静静地看着他。

"我们有的是办法让你说话。"老板说。

"我们有吗，老板？"K说。

"当然有了，"老板说，"我们以前做过，不是吗，K？可怕的事情。还记得吗？非常非常可怕的事情。"

他怒气冲冲地瞪着他的犯罪同伙。

"啊，对，老板，"K 说，"啊，对，我现在记起来了。**可怕的**事情。"

"好小伙子。你看着他。我要去外面上个厕所。"老板走出房间。

"我们没有**真正**做过那些事。"K 低声说。

"我想要贝蒂。"安吉利诺说。

K 正要讥笑他。天使突然重重地坐了下来。K 伸出手抚摸他的翅膀。这让 K 想起自己演出时戴的那副翅膀，那时他还在奥马利老师的班里。那副翅膀是硬纸板做的，把硬纸板剪成条状涂上颜色做成羽毛的样子。他想起自己在《东方三圣》演出中放屁的情形。

"我曾经是个天使。"他说。

安吉利诺只是盯着他看。

"奥马利老师老说我是一个小恶魔。"K 说。

"我想要伯特。"安吉利诺说。

"不过，别以为她真那样想。她过去常常拍着我的头，说我只是需要更专注些。和老板现在说的一样。**你能集中精神吗，安吉利诺？**"

"我想要南希。"安吉利诺说。

我想要南希

K叹了口气，耸了耸肩。

"我知道，"他说，"但没关系。"他又想起了学校，"我的算术很差，但我很擅长放屁。连奥马利老师都常常在我放屁的时候笑。你想要听……吗？"

这时，电话铃响了。K跳了起来。他盯着电话。电话铃一直响个不停。

"接电话！"老板在厕所里喊道。

K接起电话。电话另一端一片安静。

"喂？"K说。

只听到沉重的呼吸声。

"老板在哪儿？"一个低沉的声音喝道。

"在上厕所。"K回答。

他听到抽水马桶冲水的声音。

"他上完了。"K说。

"告诉他,巴舍来过电话。"

"要留言吗?"

电话机传来"咔嗒"一声响,又归于安静。

老板急匆匆地走进来。"是谁?"

"他挂了。"K说。

"是**谁**?"

"巴舍。"

老板瞬间石化。"巴舍?"

"是的,老板。"

"巴舍·马隆?"

"不知道,老板。不止一个人叫巴舍吗?"

老板坐了下来,抿了抿嘴唇。

"你认识他吗,老板?"

老板茫然地发着呆。

"我和他曾在同一个学校。"他说。

"他是你的朋友吗?"K问。

老板的手伸到桌子对面,触摸着天使的翅膀。

"他是个好人吗?"K问。

老板盯着他没作声。

23

白衣人把天使攥在手里,就这样消失在大家的视线之外。孩子们和蒙特韦尔第老师跳下公共汽车,在拥挤的街道上奔跑,寻找安吉利诺。车上的其他乘客也加入了他们。他们穿梭在商店、超市、咖啡馆和酒吧里。

孩子们在大声喊着:"安吉利诺!安吉利诺!安吉利诺!"

他们拦住路过的人。

"您看到一个带着天使的白衣人了吗?"南希向一个推着花呢布小推车的可爱老太太问道。

"**天使**?没有,亲爱的。你**确定**是天使吗?

"我们丢了一个天使!"

杰克·福克斯对一个穿西装打领带、急着去银行的男人说。

"**天使？**"他回答说。

"他被**偷了**，先生！"杰克说。

"你在骗我吗？"那个人说，"你**疯了**吗？你为什么说这么奇怪的话？你为什么不上学？"

路上的人们都是同样的反应。

天使？也许你弄错了，亲爱的。也许这是一个骗局，孩子，或者幻觉。也许这是一个宣传噱头、马戏表演或者魔术。也许你只是在做梦。也许你们都应该冷静一下。也许你们都应该回学校去。

伯特开着车在小镇来回行驶,穿过狭窄的购物街，绕过环岛，经过各种建筑，路过大型公寓楼、超市、酒吧、饭店、银行和教堂，但是哪里都没发现天使的影子。

他们又聚到了市场广场上。

来自康内马拉的库根神父恰巧路过那里。

他用牧师特有的温柔眼神看着他们，询问他们发生了什么事。

"我们弄丢了我们的天使,神父!"蒙特韦尔第老师哭喊道。

神父慈祥地微笑着。

"哦,难道我们不都是一样吗?"

"我们是认真的,神父。我们有一个天使——安吉利诺。现在他丢了。"

"是**真的**。"爱丽丝·奥比说。

牧师认出了她是教会的会众。

他双手环放在圆滚滚的肚子上。

"喂,爱丽丝,"他说,"我不是经常说教堂里那些天使的形象不过就那样吗?只是石像而已。它们只是我们瞻仰的对象。有人说它们是我们内心善良的标志,是我们的向往,对……"

伯特跺了跺脚。

"他是个实实在在的**天使**!昨天他还在你的教堂里呢!"

"在我的**教堂**里?"

"啊,对,和贝蒂一起。"

"和贝蒂一起?我确实看到你的妻子了,布朗先生,但我得说我没有看到任何天使。"

"你当然没有看到!他在购物袋里!"

牧师眨了眨眼,轻轻拍了拍自己的脸颊。

"我明白了,"他说,"所以天使在贝蒂的购物袋里……"

伯特又跺了跺脚。

"走吧!"他说,"是时候报警了!"

他们转身离开牧师,一起拥上公共汽车,走了。

24

他们冲进警察局的大门。警员波义耳戴着头盔站在接待桌旁。可以看到格朗德警官在后面的办公室里。

公共汽车就停在警察局外。

"我们是来报案的,一起绑架案。"蒙特韦尔第老师喘着气说。

"我们需要你们最好的警官!"伯特吼道。

波义耳仰起头看他们。

"布朗先生。我们又见面了。"

"啊,对,"伯特说,"我们需要马上行动!"

格朗德警官慢慢地从他的座位上站起来,从办公室里走过来。

"出什么问题了,布朗先生?"

"安吉利诺丢了,警官。"

"安吉利诺?"

"那个**天使**!"南希大叫道。

波义耳翻开他的笔记本。

"是天使安吉利诺,警官,"他说,"办理霍金斯案那天遇到的。"

"啊,对,"格朗德说,"他去哪里了,布朗先生?"

"他丢了!他被绑架了,他被人偷了。"

"这是一起可怕的犯罪。"蒙特韦尔第老师说。

"有人在公共汽车上抓走了他。"南希说。

"有人?"格朗德问。

"长着白色大胡子的白衣人。"

"这些你都记下了吗,波义耳?"格朗德问。

"是的,警官。**天使。绑架。偷。公共汽车。大胡子。白色。可怕的犯罪。**"

格朗德严肃而缓慢地点点头,他沉思了一会儿。

"我是警官,我不知道什么天使,布朗先生。"

"但你**亲眼**看见他了,"伯特说,"昨晚。他坐在桌上吃宝石糖,还放了屁。"

格朗德再次陷入沉思。

"也许是吧。"

"**也许?**"伯特倒抽一口气,说,"这可是记录在警员波义耳的本子上的！"

"确实是。但我们不应该相信记录下来的所有东西，布朗先生。"

"看看这些本子！"爱丽丝说，"是我们今天画的。他在这儿！安吉利诺！"

孩子们打开他们的速写本，把画作递给警官看。

他哈哈大笑。

"小孩子画给小孩子看的书！"他说，"如果要相信这些，那我们就不得不开始相信独角兽、龙和周围发生的所有蠢事了。你觉得呢，波义耳？"

"我不知道,长官。你是警官,长官。"

"是的,我是。身为警官,我对罪犯霍金斯感兴趣。天使只会让人分心,甚至只是一种假象。"

"一种**假象**?"南希说。

"是的,年轻的女士。假象和诡计到处都有。"

"但他还在我**手里跳舞**了!"南希说。

"他救了我的**点球**!"杰克说。

"他让我**画**他的所有细节!"爱丽丝说。

"我们还**录**了他的声音!"蒙特韦尔第老师说。

"是的,"格朗德警官应道,他甜甜地笑了,"你们**当然**录下了。"

他们都生气地瞪着他。他仍旧微笑着。

"即使**真有**天使,"他说,"有些问题我们必须要问。天使能像一个物品那样**被偷走**吗?天使能像人一样**被绑架**吗?你认为呢?波义耳?"

波义耳挠了挠头。

"你说了算,长官。你是警官,长官。"

"谢谢你,波义耳。的确,我是警官,而且我这个警官不知道任何适用于天使的法律。把这个记下来,波义耳。"

"是的,长官。**独角兽**。**蠢事**。**没有适用于天使的法律**。非常聪明的回应,长官,如果你让我说的话。"

"谢谢你,波义耳。"

"但它们一定是**有关联的**!"伯特说。

格朗德扬起眉毛。

"霍金斯一定参与了这个案件!"伯特继续说。

"啊哈,"格朗德说,"那么你现在是个侦探了,不是公共汽车司机了,是吗,布朗先生?恕我直言,提升得够快啊。"

波义耳一边记录,一边窃笑。

伯特气得咬牙切齿。

"那么,布朗侦探,"格朗德说,"你相信**带走天使安吉利诺的人是凯文·霍金斯吗?**"

"啊,对!"伯特说,"一定是他。"

格朗德洞悉一切似的点了点头。

"波义耳,"他说,"你能把昨天记录的关于霍金斯在学校时的外貌和穿着的那部分读给我听吗?"

"当然可以,长官。"波义耳回答的同时翻阅着他的笔记本。"啊哈！在这儿。**姓霍金斯。名凯文。圣蒙哥。黑发。八字胡。穿着一身黑衣。**"

"谢谢你，波义耳。现在你能读一下关于天使绑架者的外貌和衣着的记录吗？"

"好的，警官。**长着大胡子。穿着一身白。**"

"谢谢你，波义耳。还有别的吗？"

"大胡子。白色。"

警官笑了。波义耳也在窃笑。

"那么，布朗侦探，"警官说，"你说的关联在哪里？"

南希径直走到格朗德警官面前，戳了戳他的胸膛。他吃惊地后退了一步。

"你在干什么，孩子？"他问。

"我想确认你是否真的在这里，"她说，"我不太确定你在。我认为你是一个骗局，是一种幻觉。比起你来，我更相信安吉利诺。"

150

25

三个孩子和他们的老师一起回到公共汽车上,伯特把他们送到了学校。他们冲进教学楼。伯特从司机座位上跳下来,直奔厨房。

"我们必须得见摩尔夫人!"南希对坐在办公室里的萨曼莎·克勒德说。

"她正在参加一个非常重要的会议,"萨曼莎说,"和教授以及政府顾问一起。他们正在计划……"

"但是发生了**很可怕**的事!"

"我相信可以等下再说,亲爱的。"

"安吉利诺**丢了**!"

"那个长翅膀的愚蠢的小东西?谢天谢地。"

南希决定自己动手处理。她越过萨曼莎·克勒德,猛地推开了摩尔夫人办公室的门。杰克、爱丽丝和蒙特韦尔第老师跟在她的身后。

"安吉利诺**丢了**!"南希对着代理校长、教授和

政府顾问——那个名叫科尼利厄斯·纳特的重要人士大喊道。

"有人在公共汽车上抓走了他!"杰克说。

他们从图表和笔记本电脑屏幕上挪开视线,抬起头看。

"我们找了又找,还是找不到他!"爱丽丝说。

"蒙——蒙特韦尔第老师!"摩尔夫人说,"我们正在讨论非常重要的教育事——事项。你能不能让这些孩——孩子待在……"

"但这是真的!"蒙特韦尔第老师上气不接下气地说,"前一分钟他还在那里,下一分钟就不见了。"

政府顾问从座位上站起来。他非常高大。他穿着灰色西装和白色衬衫,系着一条醒目的条纹领带,穿着非常非常耀眼的鞋子。他低头看着孩子们和美丽迷人的蒙特韦尔第老师。

"你们正在说的人，"他用低沉而显得重要的声音说，"**是谁？**"

"安吉利诺！"南希解释道，"是我们的天使。我们坐在布朗先生的车上，然后……"

他举起手示意她安静，他转头看向摩尔夫人。

"在布朗先生的**车上**？"他说，"这些孩子在布朗先生的车上做什么？"

"这是一趟教育之旅，先生。是一个项目。"

"这个项目的主题是什么？"

摩尔夫人眨了眨眼睛，舔了舔嘴唇。

"主题是公共汽车和天使，"蒙特韦尔第老师说，"它是个全新的项目，它是……"

"公共汽车？"政府顾问说，"还有天使？"

"是的，先生。"摩尔夫人低声说。

"这就是你打算改善学校教学情况的方式吗，女士？这就是你打算让这所学校脱离特殊管制的方式吗？通过让这些孩子们研究**公共汽车和天使**？"

"不是，先生。"代理校长怯怯地说。

"但是……"南希说。

"**安静！**"政府顾问喝道，"斯梅利教授，你也知道这个项目吗？"

"我确实知道，"教授说，"我告诉代理校长我绝对不会参与这种荒唐事来贬低自己。"

"优秀的人，你注定要成就伟大的事业。摩尔夫人，教授务必即刻获得晋升。"

"好的，先生。"摩尔夫人低声说。

"先生，我们在浪费时间！"南希说，"我们需要营救安吉利诺！"

"你们的确是在浪费时间！"政府顾问表示同意，"不待在教室里的孩子就是不学习的孩子。浪费的时间一去不复返。你们必须回到班上，必须冷静下来专心学习。"

"但我们要对他负责！"南希说，"安吉利诺是这个学校的学生！"

"**天使是这个学校的学生吗？**"顾问又转向摩尔夫人。

"哦，不，先生，"摩尔夫人说，"我可以给您看学生登——登记簿，先生。他是……"

"但是他昨天就在这里，"南希说，"他在蒙特韦尔第老师的美术室里飞，他踢足球，他甚至上了教授的课。"

"是**真的**吗？"顾问问教授。

"恐怕是的。"教授回答，"我不应该用这种方式来自我贬低。那个东西是一切混乱的源头。我被解雇也与他有关，先生。"

"但这是很短——短暂的，"摩尔夫人尖声说，"等我们意识到那个首席督学是一个骗——骗子。"

"骗子？"

"是的，先生。他的真名是霍金斯，他过去常常放屁，我们把他赶跑了。"

顾问眨了眨眼。

"而且，冒牌督学霍金斯又叫布鲁诺·布莱克，"杰克·福克斯说，"就是那个在公共汽车上抓走天使的白衣人！"

接着是一阵可怕的沉默，只听得见旁边教室传来的孩子们的叽喳声。

科尼利厄斯·纳特顾问凝视着空气。

摩尔夫人和教授也凝视着空气。

南希、杰克、爱丽丝和蒙特韦尔第老师都注视着他们。

"我们只能靠自己了,"南希说,"靠我们自己去寻找并营救他。"

他们正要离开。

"也许,"教授突然说,"我们都是某种集体妄想症的受害者。一种癔症。"

"是的!"摩尔夫人说,她握紧了拳头,她告诉自己要振作起来,"就是这样,先生。学校检查和试图脱离特殊管制而引发的癔症。天使根本不在这里。也没有什么霍金斯。或许这也是可怜的唐——唐金校长所遭遇的情形。"

"是的,"政府顾问说,"也许你们都应该回去工作了。也许我们应该改天再开会。"

"这最好不过了,"教授赞同道,"今天是星期五,所以我们有一个周末的时间来恢复正常,然后我们下周就可以有一个全新的开始。现在我要去5P班。我要给他们讲动名词的特征和分裂不定式的难点。我马上就去。"

但大家都没有动,又陷入了沉默和发愣的状态。

接着,从外面的走廊传来了脚步声。

穿着制服的伯特和围着围裙的贝蒂出现在门口。

贝蒂眼泪汪汪的。

政府顾问沮丧地叹了口气。

"这些人,"他压低声音说,"是谁?"

"那是学校的厨师,"摩尔夫人小声说,"她给天使吃了巧克力蛋糕和蛋奶糊。那是公共汽车司机。他在他的口——口——口——口袋里发现了天使。"

26

"酷刑!"老板说,"这是能够让你开口的方式。"

安吉利诺站在桌上,双手叉腰,脚上戴着铁链,盯着他看。

"刑罚!虐待!折磨!撕扯!招供!"老板喊道。他倾身向前,脸几乎挨着小天使的脸了。"这就是你要遭遇的,小家伙。"他说。

安吉利诺摇了摇头。

"你这是什么意思?"老板说。

"你是好人。"安吉利诺说。

"什么?你认为我是好人?你马上就会有另一种看法了。我是一个十足的坏人、杀人犯、犯罪主谋……"

"你是好人。"

老板握紧拳头,在安吉利诺头上挥舞着。

"不,我不是好人!我是老板!我是一个恶魔。对吗,K?"

"是的,老板。"K说。

"看到了吗?"老板说,"好人?**哈**!你最好小心一点,孩子。在卖掉你之前,我们要知道真相。"

"真相!"安吉利诺重复道。

"真正的真相。你是谁。你来自哪里。你的同伴是谁!"

"我莫事情都不知道。"

"我们会撬开你的嘴巴的。我和K!是吗,K?"

"是的,老板。"K说。

老板挥舞着双拳,咆哮着,怒视着天使。

"**这个**,"他吼道,"是我出生的目的!"

他邪恶地大笑。

"哈哈哈哈哈哈哈——!"

"你看起来很累,老板,"K说,"这一天过得太慢了,老板。"

老板冷静下来。

"你说得对,"他说,"明天还有很多事要做,包括**折磨天使**!"

他对着安吉利诺咆哮。

"我要去睡一会儿,"他对 K 说,"你盯紧他。有任何麻烦,给他**好看**。"

"是的,老板。"K 说。

老板向门口走去。他抓住把手,然后犹豫了一下。

"巴舍,"他说,"他没有留口信吗?"

"没有,老板。"

"他听起来高兴吗?"

"不好说,老板。"

老板转过身来看着他。

"不,"K 说,"我认为他听起来不怎么高兴,老板。"

"他从来没有高兴过。有一次……但是算了,我不想回忆那件事。他说了他是在哪里打过来的吗?"

"没有,老板。"

"他听起来像是在附近吗?"

"不知道,老板。可能是在澳大利亚。也可能是在隔壁房间。"

"**隔壁**房间吗?"

"我肯定他不在,老板。"

老板愣了下。

"我要睡一会儿，好吗？"他平静地说。

"啊，好的，老板。做个好梦，老板。"K说。

"晚安。"老板边说边关上了门。

"晚安。"安吉利诺说。

"可怜的老板，"K说，"老板很不容易。这么多要考虑的，这么多责任。而且他实际上就是个孩子，像我一样。"

他揉了揉眼睛，打了个哈欠。

"我累坏了，"他说，"做伪装、视察学校、监视、赶公共汽车、抓天使——让人筋疲力尽。"

安吉利诺盘腿坐着，看着K。

"我们不会折磨你。"K说。

"不会。"安吉利诺说。

"天使会感到疲倦吗？"K问。

没有回应。K注视着他。他揉了揉眼睛，然后又揉了一次。

"你是真的吗？"他问安吉利诺。

没有回应。

"我是在梦中见过你吗?"

没有回应。

"也许我在梦里见过你,"K说,"也许这一切都是一个梦。我小时候常常这么想。我过去常常想我是做了一个错误的梦,或许会有一个更好的梦。"

他关掉灯,拉开窗帘。一弯细细的镰刀般的月亮高挂在天空上,还有无数颗星星。它们闪烁着光芒,就像是落在城市黑色屋脊上的霜一样。

K伸手指向宇宙。

"安吉利诺,你是从那里来的吗?"

安吉利诺趴了下来,双手托着下巴,抬头仰望美丽的夜空。他的翅膀在身上微微扇动着。他没说话。

"**你认为这是一个梦吗?**"K说。

安吉利诺抬起肩膀,略微耸耸肩。

"我以前常想去那里,"K说,"我有一个叫希德的小小的塑料太空人。我用硬纸板给他做了一个火箭,在侧面写上他的名字。我常把希德放在火箭里,然后高高举起,绕着我的房间跑,假装他在太空里飞。**轰!轰轰轰!**"

K闭上眼睛，记起了那些事情是多么有趣，他叹了口气，轻声笑了。他说话的时候，看上去好像真的变年轻了、变小了，变回了曾经的那个小男孩。

"我过去经常编故事，"他说，"我和希德在宇宙中飞行了几十亿英里①。我们发现了可爱的星星和星球，我们和一个可爱的家庭以及善良的朋友们住在那

---

①英制单位。1英里约合1.61千米。——编者注

里。他们是外星人，但他们很善良很友好。那些故事像梦一样，就像是真实的梦一样。"

他又叹了口气。

"我试着写一个校园故事，但老师却嘲笑我。"他模仿发怒的老师的声音说道，"**凯文·霍金斯，你是一个多么麻烦的男孩！你怎么能指望我理解你这种胡作非为呢？**"

他俯下身，轻轻触摸着天使的翅膀。

"不知道希德和他的火箭最后怎么样了。也许是我爸爸把它们扔了。他总是喋喋不休地说我是个愚蠢没用的孩子，说我多么需要**成长**、**锻炼**以及……**你**也有爸爸吗，安吉利诺？"

安吉利诺又轻轻地耸了耸肩。

"我爱我的爸爸，"K说，"我也爱我的妈妈。我认为他们并没有那么爱我。我妈妈经常和鱼贩子拉里一起出去，我爸爸总是待在醉鸭酒馆里。后来，他们都离开了，只剩下我自己一个。"

他起身凝视着夜空。他想起了和纸板火箭里的希德一起飞越太空。安吉利诺注视着他，似乎期待着他继续说。

"已经不重要了,"K说,"之后我被送去育儿所。我很快就脱离了那里,我很快也脱离了学校。我消失了,安吉利诺。我现在有了新的生活。我和老板在一起。我们是一对十足的恶棍。我是一个伪装大师,而且一切都好起来了。"

但他看起来并不像是一个十足的恶棍。一切看起来也没有变好。K看起来像一个迷路的小男孩。一个眼里闪着泪光,想要重回妈妈怀抱的迷路的小男孩。

安吉利诺哼了一首小曲。

"很好听,安吉利诺。"K说。

安吉利诺继续温柔地哼着小曲。

他们一起在房间里休息,凝视着美丽的苍茫太空。安吉利诺哼着歌,K也加入了他,他们一起创造了一首轻柔的星空梦幻曲。

"真好听。"K低声说。

"真好听。"安吉利诺说。

K开始打盹,并进入梦乡。

安吉利诺照看着他。

27

同样的镰刀般的弯月和璀璨的星星，照耀着售票员路，照进了伯特和贝蒂的房子，透过保罗卧室的窗户照在伯特和贝蒂身上，他们坐在床上，握着彼此的手。他们取下保罗的照片，拿来写着安吉利诺名字的纸箱。他们拿着安吉利诺的小睡衣和衣服，他们心中充满痛苦，除了握着对方的手哭泣外，不知道还能做什么。

28

夜色渐深。月亮和星星更加璀璨了。在这座城市里，这个故事里的人们都进入了梦乡。除了那些孩子们。他们根本没有睡觉，更别说做梦了。他们十分清醒。他们都把头埋在毯子里，压低声音，相互用手机通着话。他们计划着明天去找安吉利诺。他们准备告诉父母，明天会集体去公园活动一天。

"我们可以请蒙特韦尔第老师帮忙，"南希说，"她理解我们。她知道这是一件生死攸关的大事。"

"不可以，"爱丽丝·奥比说，"她会被解雇的。想象一下报纸标题：**疯狂的美术老师帮助疯狂的孩子寻找天使。**"

"你说得对，"南希叹了口气，"他们会狠狠地惩罚她的。她就不能再教书了。"

"还有谁能帮忙呢？"爱丽丝说。

"伯特和贝蒂？"杰克建议道。

"不，"南希说，"他们都太难过了。"

他们陷入了沉思。他们知道没有人可以帮忙了。没有人会理解他们，甚至没有人会**相信**他们。

"靠我们自己了。"杰克说。

"靠我们自己。"爱丽丝说。

他们躺在床上，激动地颤抖着。

"一切都会好的，"杰克说，"如果白衣人就是那个黑衣人的话，他看上去一点也不危险。他看起来就像……"

"一个傻大个！"南希说。

"没错，"爱丽丝·奥比说，"而我们是……"

"一个团队！"杰克·福克斯说，他拍了拍他的巴塞罗那队徽章，"最伟大的团队！最好的团队！"

他们躲在毛毯下，小声地制订着计划。

新闻

疯狂的美术老师
帮助疯狂的孩子
寻找天使

29

老板的梦是激烈、黑暗而令人不安的。他的梦充满了鬼魂、恶魔、怪物和女巫。他在床上辗转反侧，汗流浃背，呻吟不止。他的梦中出现了巴舍·马隆，一个可怕的、身材魁梧的、爱欺负人的初中男孩，把每个人吓得六神无主。巴舍现在长成了一个可怕的壮汉。他走进老板睡觉的房间。他站在老板的床头，轻轻拍了拍老板的肩膀。

"醒醒，老板，"他咆哮道，"你的老朋友巴舍·马隆来找你了。"

老板惊恐地闷哼了一声，醒了过来。没有人在那里。

他战战兢兢地走到隔壁的房间。天还没亮。

K头枕着胳膊趴在桌上。老板一走进来他就坐了起来。

"我没有睡着,老板。"他咕哝道。

"没事,K,"老板说,"天使没有惹麻烦吧?"他接着问,"他没有使诡计,没有试图逃跑吧?"

"没有,老板。"K回答。

"好。好孩子。那你在忙什么呢?"

"没什么,老板。在看星星和月亮。"

"那太好了。介意我加入吗?"

"当然不会,老板。你是老板。"

老板坐在餐桌边,像之前一样坐在K的对面。他看看天使,然后又看看K。他皱了皱眉。

"你看上去……有点不同。"他说。

"不同?"

"啊,对。像是变年轻了或是怎么的。"

K的脸红了。他不知道老板在说什么。

老板耸了耸肩,然后看向窗外的夜色。

"星星,"他说,"星星有很多,嗯?"

"啊，对，老板，"K说，"数百万呢。"

"数以亿计。"老板说。

他盯着星星以及星星和星星之间的空间，努力想象着群星之外那些肉眼看不到的星星。

他叹了口气。

"它们都是**从哪儿**来的，K？"

"不知道，老板。"

"我也不知道。"

"老板，你没事吧？"

"啊，没事。我有一些奇怪的梦想，仅此而已。"

"我也有。"K说。

"你有吗？梦想，嗯？**它们**打哪儿来的？"

"不知道，老板。"

K和老板看着星星和月亮。

安吉利诺又开始哼起悦耳的曲调。他的翅膀随着旋律摇摆。K和老板都凝视着他。

"老实说，"K说，"有时候我觉得我几乎一无所知。"

"我也是，"老板说，"根本一无所知。有时候，我就像个……"

"小孩？"K说。

"啊，对。"

"你以前是什么样的，老板，你小的时候是什么样的？"

老板回忆过去，那并不太久远。

"我想变得很厉害，"他说，"像我爸爸那样。"

"那你变厉害了吗？"

"没有。他说我没用。他说我会一事无成……"他嗤之以鼻道，"他在我八岁时就离开了。"

他又冷哼了一声。

"然后我长大了，我想，**我要给他看看我能做什么。我会是个老大！**"

"那他知道吗？"

"他还不知道。我不知道他在哪里。"

他们一起叹了口气。安吉利诺还在哼唱着。他们都趴了下来，把头靠在胳膊上。不一会儿他们就睡着了，呼吸交融，像是朋友，像是兄弟一样。

安吉利诺坐直了身子，拨弄着脚踝上的链子。他把链子摘了下来。他站起来张开翅膀,从桌子上飞起来,在屋里盘旋着,低头看着老板和K。

然后他在窗户边徘徊,俯视城市黑色的阴影。

30

在外面，在最黑暗的道路旁的最黑暗的小巷的最深处，一道黑暗的门打开了。一个黑影走进了黑夜里。一个魁梧的人，肩膀、脖子、头部都很结实。胳膊粗壮、腿部有力、胸部宽厚。这个人穿着黑色软底靴，无声地走过古老而冷清的鹅卵石街道，绕过路面的裂缝和坑沟，路过窗户紧闭的小屋、被拆了一半的仓库、破败的教堂，经过已有一个世纪或更久的时间未曾打开过门窗的房屋。当这个人慢慢走近并路过时，老鼠逃窜回地洞里。猫头鹰停止了嚎叫。蝙蝠飞到屋顶和尖塔的安全角落里。老鼠战栗，鸟儿也在巢里发抖。连月亮和星星的光芒似乎也不愿触碰这个巨大而可怕的行走的东西。

这个人最终到达了新一点的地方，到达了文明地，到达了有路灯和店面的灯光照明的地方。

这里充满了各种声响——远处的笑声和从高处拉得严严实实的窗帘里传来的歌声。几辆小汽车，一些深夜出租车，一辆灯火通明的公共汽车载着在酒吧、饭店、电影院、剧院度过了一个美好的星期五夜晚的乘客们回家。一群喜气洋洋的年轻人走了过来。他们边走边聊天、唱歌、摇摆着身体。当看到这个黑影经过时，他们瞬时安静下来。他们赶紧拉着同伴走到道路的另一侧。他们转身就跑。他到底看到他们没有？谁知道？他继续往前走，不停地往前走。他只在一家商店门口停了一下。那里有几个可怜的流浪汉，躺在垫了纸板的薄睡袋里。他低头瞪了瞪他们，大吼，还用脚踢他们。等他们睁开眼睛，像惊弓之鸟一样盯着他这个突然到来的坏蛋时，他轻蔑地哼了一声。他又一次咆哮，踢打他们，然后继续往前走。他抬起头向上看，搜寻着老板、K和安吉利诺的藏身处。

没错，就是他，巴舍·马隆。不知怎的，他知道了天使到来的事。现在，天使的形象在他黑暗无比的内心中闪烁着。他想要占有天使，他想

要安吉利诺。

谁能把我们的小天使从这样的坏蛋那里拯救出来呢?

31

秋千公园里，南希在一个蓝色塑料秋千上来回荡悠着，嘴里哼着歌。秋千随着她的摆动发出轻微的吱吱声。和这里的所有孩子一样，她还是个蹒跚学步的小宝宝时就来这里玩了。这里有很多蹒跚学步的小孩，和他们的父母或是祖父母在一起。他们在大笑，在大喊，在婴儿秋千和旋转木马上尖叫着："高点，再高点！快点，再快点！耶耶耶！"

她像他们一样，把秋千荡得更高。她喜欢闭上眼睛，直到开始感到头晕，听着秋千的吱吱声，感受着微风拂过她的脸和头发。

就在这时，他们来了，杰克·福克斯和爱丽丝·奥比，从大门走了进来。爱丽丝带着从图书馆借来的书。杰克背着一个帆布包。他们快速地相互拥抱了下。尽管策划了半宿，他们却个个精神抖擞。

他们并排坐在一张绿色的公园长椅上。

杰克打开他的背包。

"我带了一些奶酪三明治,"他说,"还有我妈妈的晾衣绳,万一需要绑人时,我们可以用。"

"好主意。"南希说。

她从口袋里拿出来几张纸,把它们展开。其中一张是一幅画得十分神似的布鲁诺·布莱克的肖像画。另一张也是一幅肖像画,画的是同一张脸,但长着白头发和白胡子。

"我们拿着这些画像去问,看看有没有人见过他。"她说,"还有这个。"

这是一张美丽的小安吉利诺的肖像画,他穿着牛仔裤和格子衬衫,翅膀在身后高高地张开着。

"我们需要安吉利诺的肖像画,"她说,"爱丽丝,因为当我们跟别人说'你有没有在哪里见过一个天使?'时,他们会想到像你书里的那些完美的、闪亮而愚蠢的白色天使,而不是像我们的安吉利诺那样的真正的天使。"

"好主意。"爱丽丝说。

她从大衣口袋里拿出一个用锡箔纸包裹着的小包。

她揭开了一块锡箔纸。

"我带了巧克力蛋糕,"她说,"这样,我们把安吉利诺一救出来,他就可以吃到他最喜欢的东西了!"

"太棒了!"南希说,"还有,我们都带着一颗强大的心脏!"

"还有,"爱丽丝说,"我还发现了一个可能会有帮助的实验。"

"实验?"南希和杰克说。

"是的。天使实验。我在这本书里找到的。它很不可思议,但值得一试。"

32

他们离开秋千公园,远离了孩子们的喧闹声,远离了旋转木马和秋千的吱吱声。爱丽丝领着他们来到一棵高大的栗树的树荫下。

他们一起坐在草地上。

"我昨晚读了这本书,"爱丽丝说,"我看到了这一章:如何找到天使。"

"真见鬼!"南希说。

"天啊!"杰克·福克斯说。

"首先,"爱丽丝说,"你必须回答这个问题,'你相信有天使吗?'"

杰克笑了。

"就像问我是否相信里奥内尔·梅西一样!我当然相信!"

"我也是!"南希说。

"很好,"爱丽丝说,"那么,你必须得说明你是否愿意接受新奇的实验。"

轮到南希笑了。

"在经历了前几天的事情后,我想我可以说我们都能接受!"

"很好,"爱丽丝说,"现在我们都得躺下。"

三个人头对头躺下,在树下摆出了一个类似星星的形状。

"慢慢地深呼吸,"爱丽丝说,"闭上眼睛。要比以前任何时候都平静。"

他们试着那样做。他们听到了车辆的噪声、人们的嘈杂声和风吹树叶的沙沙声。

一对在公园散步的年轻夫妇经过时看了看他们便快步走开了。他们看到的是三个可爱的孩子在树荫下乘凉。他们看到的是静止不动的身体,而不是他们的头脑里、内心里、灵魂里发生的一切。杰克闭着眼睛,看到里奥内尔·梅西越过防守队员,把一个弧线球踢进了球门里。南希看到安吉利诺的手从伯特·布朗的口袋里伸了出来。爱丽丝看到一个摆满了各种好书的图书馆。

"现在,"爱丽丝说,"想安吉利诺。想他的脸、身体和翅膀的所有细节。想他是怎么飞行,怎么跳舞,怎么——不要笑——怎么放屁的。努力排除杂念,一心一意。只想着他,尽可能具体,就像他是你身体的一部分,就像他在你的身体里一样。"

三个孩子聚精会神。安吉利诺在他们的头脑里成形了。他跳舞、嬉笑、放屁、飞行。他们全都一动不动。南希喘着气,因为她感觉到某个像翅膀一样的东西在她的胸腔里颤动着。爱丽丝看到自己内心深处的黑暗里，有一些美丽的东西在发着光。杰克听到了《东方三圣》的放屁节奏。

"让他飞到更深、更深、更深的地方。"爱丽丝说。

他们都努力这么做。南希颤抖了。她从来没有意识到自己的内心是这么巨大，她的身体和思想的空间这么广阔，感觉就像她在自己体内穿越、飞翔。

"书里说，"爱丽丝说，"我们要尽可能把安吉利诺带到最深处，让他尽可能接近我们自己的内心深处。"

杰克笑了，他感觉安吉利诺在飞得越来越深。那种感觉就像他想象自己是梅西，他想象自己像梅西那样奔跑，他不再仅仅是杰克，还是里奥内尔·梅西。现在他也是安吉利诺，他也是南希和爱丽丝·奥比。

"书上说你必须和天使一起飞翔，"爱丽丝说，"你们在做吗？"

"是的！"南希和杰克说。

"这太奇怪了，"杰克补充道，"真是太妙了！"

他们静静地躺着，跟天使一起在内心飞翔。

"那么，"爱丽丝说，"据书上说，当天使在你体内,外面的天使会召唤你。这样我们就能找到安吉利诺的下落了。"

他们继续躺着飞翔。

"是的!"南希突然说,"他在呼喊!"

"安吉利诺吗?"爱丽丝说。

"是的!我能感觉到他!我知道他在附近的某个地方!"

"他安全吗?"杰克问,"他快乐吗?"

"是的!"南希喊道,"不!我不知道。他在把我拉向他!"

"这是书上说的应该发生的事!"爱丽丝说,"南希,他在哪儿?"

南希站了起来,转身穿过树荫。仿佛有一块磁铁在吸引她,仿佛她是个指南针。

"哪个方向?"杰克说。

"我不知道,"她说,"我想我不知道……"

然后,她突然说:"是的。这边!快点!"

33

巴舍朝光亮处走去。清晨的阳光透过城市建筑物间的空隙照耀着他。他的深色衣服布满灰尘，破旧褪色。他戴着墨镜——也许他不习惯亮光。

他穿着黑色软底大靴，步履沉重地向前走着。他摇了摇脑袋，嗅了嗅空气。他没有进行爱丽丝的实验，但似乎他也同样被吸引南希和她的朋友的天使力量吸引着。

关于巴舍，我们所知甚少，但我猜测他的名字（不知道是真名呢，还是绰号？）告诉了我们一些信息[1]。还有老板说的关于他在学校时的情形告诉了我们更多信息。他是一个爱欺负人的大块头，当我们看到他踢打流浪汉时就知道，他现在依旧是个大恶棍。

看看人们如何转身躲避他，就像他是个路过的怪物一般。

---

[1] 巴舍的英文是Basher。basher在英语里还有"行凶打人的抢劫犯"的意思。——编者注

他是个怪物吗?

也许是。

看看爸爸和妈妈们是如何紧紧握着孩子的手的。

听听他们叫孩子们把视线移开。

看看狗在他面前都畏缩不前。

有几次,巴舍发出了像笑声一样的声音,但他真的是在笑吗?

没错,他看起来很吓人,但他看起来很**自在**吗?看到人们和动物那么怕他,真的能让他快乐吗?有谁**真正**喜欢这样?如果我们能看到墨镜背后的眼睛,透过眼睛看到他的内心,也许我们会看到不一样的东西。

也许,像大多数恶棍和讨厌鬼一样,他知道自己错失了某种东西,这让他感觉糟糕,甚至感觉不舒服。

也许这就是他想要安吉利诺的原因。

也许他想让天使把他变成一个更好的巴舍,一个更好的人。

也有可能,如果他得到了天使,会做一些十分邪恶、十分可怕的事。

34

在这期间，小安吉利诺一直在老板和 K 上方的窗户旁盘旋。他一直在想贝蒂和伯特，想伯特的口袋和贝蒂做的蛋奶糊，想睡保罗从前睡过的可爱的小床，想他漂亮的新衣服和可爱的新朋友们。

他发现自己哭了，这是他幼小的生命中从没有过的事，这是自从他在几天前出现在我们的故事开端、出现在伯特的口袋里以来，从没有过的事。

"我想要贝蒂和伯特，"他用颤抖的声音低声自言自语，"我想要我的朋友们！"

几滴眼泪从他的眼里溢出，顺着面颊流下来，溅落在空荡荡的小房间中央的桌子上。

他望着外面的城市和远处的小山。它是如此广阔，似乎和宇宙本身一样广阔。他们在哪里？贝蒂、伯特、售票员路、圣蒙哥学校都在哪里？南希和其他的朋友们都在哪里？

他似乎在变小，在收缩。

"我想回家。"他抽泣道。

K和老板醒了。

他们惊讶地发现天使悬在空中，而铁链毫无用处地躺在桌子上。

老板倒抽了一口凉气，揉了揉眼睛。

"你自由了！"他说。

安吉利诺擦了擦眼睛。

"我自由了。"他说。

他降落到桌子上，挺起胸膛。

"我想回家。"他说。

K叹了口气。你可以看到他真的想这么做，抛开这个可笑的烂摊子，把安吉利诺还给贝蒂和伯特，努力忘掉整件事。你可以看到老板也动摇了。在他半夜和K说了那些话之后，你知道他并没有像他自己希望的那么邪恶。但是天亮了，老板又记起了他想要像他爸爸那样厉害。他想要对他那不知道在哪儿的爸爸说："我偷了一个天使，把它卖了，我有钱了。"

他狠狠地瞪着安吉利诺，安吉利诺也那样瞪着他。

他的小脸涨红,他的小拳头紧紧握着,他发出了小恶魔般的咆哮。他开始变成一个不一样的、更强壮的、更愤怒的、更厉害的安吉利诺。

他张开翅膀,狠狠地瞪了回去。

"我**自由**了!"他咆哮道。

老板不允许一个天使那样对他说话。一眨眼工夫,他就抓住了安吉利诺,把铁链缠绕在安吉利诺身上,然后拉紧、绑好,安吉利诺哭了,老板却笑了。

电话铃响了,老板接起电话。

"哦,是的,阁下,"他说,"十五万会是一个非常好的起拍价。"

他挂了电话。

他朝着安吉利诺大笑。

"你会让我们变得很富有。"他说,"我说的对吗,K?"

"是的，老板。"K 小声说。

"不，"老板用很可怕的、充满威胁而邪恶的声音说，"你不是自由的。"

安吉利诺又哭了起来。

他又变回了原样，弱小而惶恐。

他只是一个小天使，不知所措，孤军奋战。

35

"我感觉不到他了！"南希叫道。

孩子们正在一个街道的拐角处，在一家花店和一家律师事务所之间。

"什么意思？"杰克说。

"我感觉不到他了！"

一位好心的老太太经过。

南希给她看了照片。

"你见过这个人吗？或者这个？"她问，"或者这个小天使？"

"我不能说我见过，亲爱的，"老太太说，"老实说，有时候我甚至记不住自己的名字。我想是格拉迪斯！是的！哦，他真可爱。当我还是个孩子时，我也有一个守护天使，它就待在我的肩膀上。你的天使叫什么名字？"

"安吉利诺。"南希说。

"好可爱的名字啊!我的天使叫弗兰克。"

她继续往前走。

"试试看,"爱丽丝对南希说,"再想一遍他,再想一遍,从头再来一次。"

南希试了试,但她太忧虑、太担心了,她需要平心静气,但却做不到。爱丽丝打开书。她又读了一遍说明。她让南希想象天使就在她的内心和灵魂深处。但是南希做不到,她就是做不到。

"你见过这个人吗?"她对一个穿着黑色衣服匆匆走过的男人说,"或者这个?"

"这跟你有什么关系?"那人说。

她把天使的画像给另一个人看。

"你有精神病吗?"他说。

"你在忽悠我吗?"第三个人说。

"孩子们!"另一个人说,"现在的孩子们是怎么了?"

"我**什么**都感觉不到!"南希说。

"集中精神,南希。"爱丽丝说。

"集中精神,"杰克说,"保持平静。保持……"

南希轻叹了一声，她集中精神。是的，没有之前那么强烈，但是它在那里，开始指引她转弯，开始指引她向前走。

就在这时，一个穿着黑色软底靴的巨大黑影缓慢地转过拐角，经过花店门口。

爱丽丝迅速朝他走过去。

"你看见天使了吗，先生？"她说。

"是的，"南希突然喊道，"是的！快点！这边！"

36

他们在弯曲狭窄的街道上飞跑。穿过一排红砖房,经过商店、教堂、超市、鱼贩摊和银行。有时南希会停下来,紧闭双眼,倾听四周,在内心搜寻,他们也跟着停下。等南希再次感应到天使的召唤时,他们就继续匆匆赶路。他们来到一个高楼林立的公寓区。南希知道他们现在很接近了。她知道安吉利诺就在这个小区的某个房间里。她慢慢地走,沿着灰白色人行道一步一步地走,穿过颜色明亮的绿草地,走向一座大楼那闪亮的玻璃门。

"是这扇门。"她低声说。

他们有些迟疑。

"我很害怕。"南希说。

"我也是。"爱丽丝和杰克说。

杰克深吸了一口气。他摸摸他的巴塞罗那队徽章。他知道梅西会怎么做。

"不能打退堂鼓,"他说,"不能临阵退缩。"

他拿出晾衣绳。

"好吧,"爱丽丝说,"准备好了吗?"

"是!"

南希推开门。

当她领着他们走向电梯时,他们的心怦怦直跳。

他们走进电梯。

南希把手伸向墙壁上的按钮。

"是这一层。"她低声说,按了9层的按钮。

电梯门关上了。关门那一刻,孩子们瞥见了那个一直尾随他们的巨大黑影。没时间多想。电梯上行,然后停了。门"哧"地开了。他们走了出来。电梯门又关上了,电梯下行。

他们面前有四扇门。

"就是这一家。"南希低声说。

是 36 号房间。

"勇敢一点,"杰克说,"人人为我……"

"我为人人。"爱丽丝说。

南希向门口走去,开始敲门,一下、两下、三下。

没有反应。

爱丽丝也敲门。

"安吉利诺!"南希大声喊道,"安吉利诺!"

里面毫无声息。

杰克决定自己想办法。

"站到旁边去。"他说。

他用肩膀撞向门口,门纹丝不动。他又用他穿着橙色足球鞋的脚踢门,门还是没动。他蹲下身子,打开信箱,想看看房间里面。只看到一片黑暗。

"我知道我是对的,"南希说,"我知道他在里面。"

"我们知道他在里面!"杰克大喊,"把安吉利诺还给我们!"

没有回应。

他们的脸沉了下来。他们能做什么?他们是什么?只是三个善良无辜的小孩,在城市另一头的一座陌生的公寓里寻找他们的朋友。

"请开门!"南希恳求道。

爱丽丝翻着她的书。

"书里有什么开门的魔法吗?"杰克问。

"我不知道,"爱丽丝说,"我觉得没有。"

"芝麻开门!"杰克说。

"把他还给我们!"南希喊道。

这时,电梯门又开了,来的人是巴舍·马隆。他无视这些孩子,挤到他们前面,抬起他的软底靴一脚踹去,把门踢开了。

37

K和老板跳了起来。他们握紧拳头，咬牙切齿。他们正准备面对即将到来的一切。但他们实际上根本没准备好。现在门开了，他们打战、发抖，他们吓坏了。他来了——老板的噩梦。

巴舍。

巴舍·马隆。

巨大的、丑陋的、可怕的、恐怖的……

"巴——巴——巴舍，"老板呜咽道，"你好，巴——巴——巴舍。"

老板以为自己会晕倒，以为自己会跳出窗外，以为自己会哭着找爸爸妈妈。但他只是站在那儿结结巴巴地说话，嘴巴像受惊的鱼一般一张一合。

"喂，老板。"巴舍咕哝道。

他用可怕的眼神盯着K。

"喂，你。"他哼了一声。

"救——救命!"K用微弱的声音尖叫着。

他把老板当成大哥般紧抓着不放。

孩子们跟在巴舍后面拥进了房里。

巴舍压根没注意到他们。

"我们能为你做——做什么,巴——巴舍?"老板结结巴巴地说。

"没什么。"巴舍哼道。

他指了指安吉利诺。

"这是我来这里的目的。"

他站到天使面前,俯身凝视着他。天使也盯着他。巴舍摇晃着双脚。他以前从没见过这样的东西。这是他儿时的梦想,那时他还是个名叫比利·马隆的小家伙。他想要这个东西。他想要天使是为了他自己,不是为了其他人。天使是他的。他弯腰靠近天使。

"你敢!"南希大喝一声。

杰克·福克斯抬起他穿着橙色足球鞋的脚使劲踢了一下巴舍的小腿,然后又踢了几脚。

巴舍似乎毫无感觉。杰克拿起晾衣绳想把巴舍的胳膊和腿绑起来,但是巴舍一把拽开。他使劲一扯绳子，把绳子生生扯断了。

"走开，可怕的家伙！"爱丽丝·奥比说。

巴舍抓住了安吉利诺的腰。

"真是够了！"南希用严师般的口吻说道，"放下那个小天使！"

杰克不停地对他拳打脚踢。

爱丽丝在她的书里寻找打败恶魔的方法。

巴舍解开了安吉利诺身上的链条。

他两眼发光，他流着口水。

"天使，"他含着口水用可怕的声音咕哝道，"可爱的美味的小天使。"

他把安吉利诺举了起来。他用可怕的手指检查着天使的翅膀，用可怕的眼神审视着天使美丽的脸庞。他把天使举到了嘴边。

"我要你。"他低声咕哝。

孩子们使劲抓住他的胳膊和手腕，想要救出安吉利诺，他毫不在意。他也不理会杰克不顾一切的拳打脚踢。

"你是我的。"他咆哮道。

他舔了舔嘴唇。

他张开他那可怕的嘴巴,露出他那可怕的牙齿。

安吉利诺盯着那张丑陋的脸和那张丑陋的嘴巴。

"安吉利诺!"南希紧张地叫道,眼泪顺着她的脸流下来,"哦,安吉利诺!"

但是他们什么也做不了。

巴舍·马隆准备张口咬下去。他的嘴巴越张越大,越张越大。

接着,情况突变。

小安吉利诺张开翅膀。他突然变大、变强壮。他的皮肤开始变红,变成了火和火焰的颜色。他挣脱了巴舍的束缚。他飞到空中,像魔王般俯瞰着那个恶魔。他举起拳头,似乎想要揍他。他的牙齿尖利闪亮,他的眼睛明亮发红。他长出一条红色叉状尾巴。他还在变大、燃烧,变大、燃烧。

孩子们、老板和K都退到了墙边。

安吉利诺变成了一个可怕的、愤怒的天使,在屋子中央盘旋。

他之前的哼唱有多甜美悦耳,他现在的咆哮就有

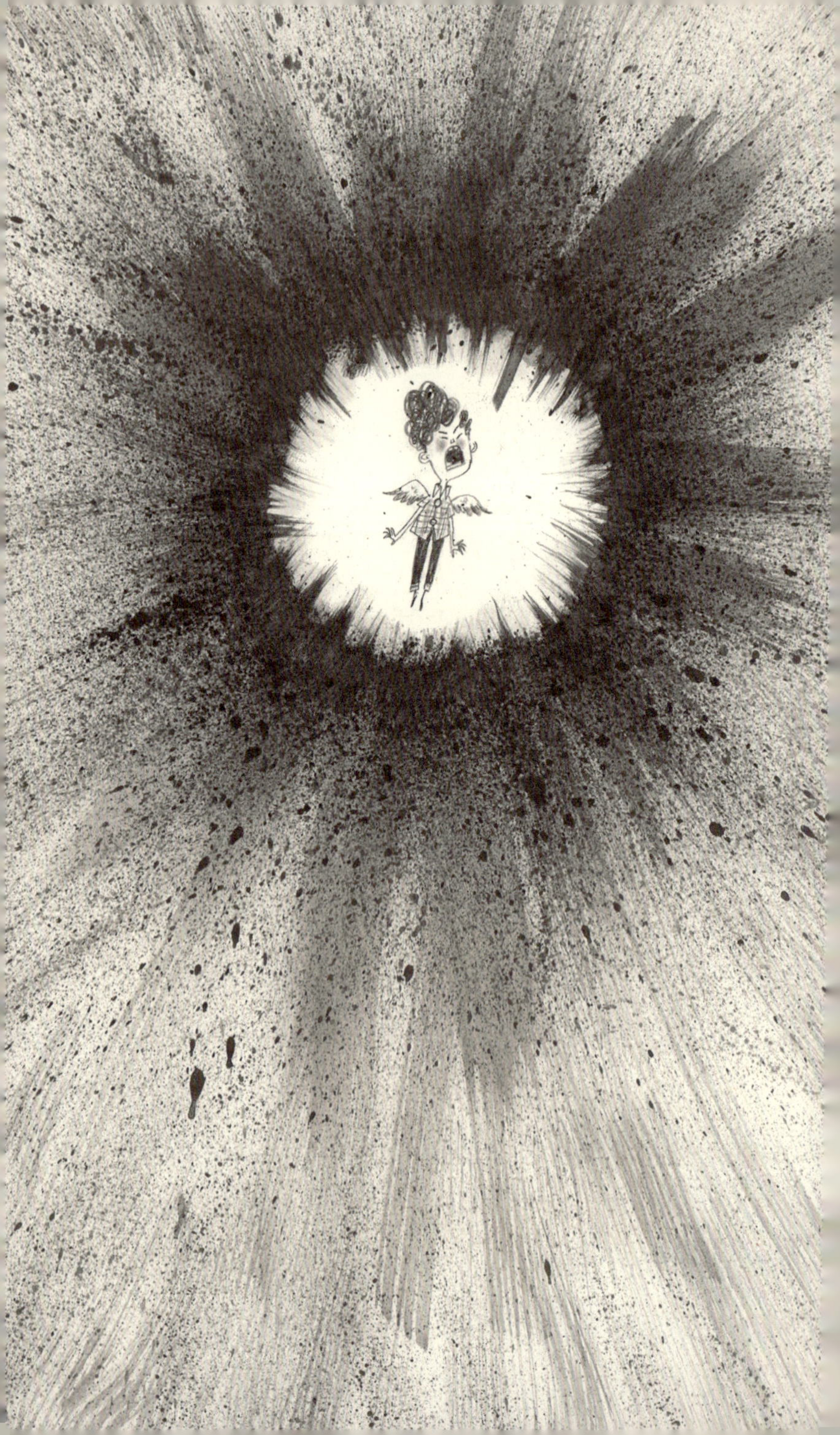

多凶猛邪恶。

巴舍试着接近他,但没有成功。

巴舍开始发抖,打战。

安吉利诺嘶叫着,吐着口水,他在低吼,他在咆哮。

巴舍努力站稳。

他试着与变身后的天使对视。

但这样对他没好处。安吉利诺的力量压倒了巴舍·马隆。巴舍·马隆在后退。巴舍·马隆吓坏了。

"走开!" 安吉利诺命令道,**"走开!"**

他的翅膀张得越来越大。他变得越来越耀眼,越来越猛烈、火热。

最后,恶魔巴舍转身离开。他从房间里逃出去,窜进电梯下了楼,他又回到了城里,回到了黑暗中,回到了他之前藏身的遥远的黑暗的住所里。

38

房间里鸦雀无声。

孩子们、K和老板待在原地,靠着墙。他们不敢接近安吉利诺。K和老板紧紧抓着彼此。他们瞪大了眼睛,呜咽着、颤抖着、摇晃着。天使会对**他们**做什么?

然而,安吉利诺已经开始收缩了。他的火焰减弱。他的叉形尾巴逐渐退去。他又变回那个可爱的穿着牛仔裤和格子衬衫的小安吉利诺,他的翅膀在背后轻轻地扇动着。

他落到桌上,站在那里。

"天啊!"杰克·福克斯说。

天使看着他们,好像以前从未见过像**他们这样的**东西一样。

他低头看着自己,好像以前从未见过像**他自己这**样的东西一样。

"安吉利诺!"南希说,"我不知道你能做**那样**

的事。"

安吉利诺甩了甩头，抿了抿嘴唇，皱了皱眉头。

"天啊！"他低声说。

他咯咯地笑了，他放了一个屁。

"即使是天使，"爱丽丝·奥比低声说，"有时也需要充满怒火的。"

孩子们凑了过去。

"你没事吧？"南希说。

"啊，对。"

"你确定吗？"

"啊，是的。"

"我们以为要失去你了。"南希说。

"但是，我们找到你了。"杰克·福克斯说。

爱丽丝指着老板和 K。

"我们发现你在**他们**手里，"她说，"在这对可恶的绑匪和骗子的手里。"

K 和老板靠着墙瑟瑟发抖，看起来根本不像是绑匪和骗子。

南希反手叉着腰，瞪着他们。

"你们以为自己到底**是谁**？"她说。

他们说不出话来。

安吉利诺张开翅膀。他横眉怒目。

K 的脸红了。

"我是 K。"他说。

"**K**？"南希说，"那是什么名字？你为什么戴着那副可笑的胡子？"

"因为我是伪装大——大师。"

"哈！伪装大师！你是一个骗子！把那可笑丑陋的伪装撕下来，告诉我们你的真名。"

把胡须从脸颊和下巴扯下来时，K 疼得龇牙咧嘴。

"我是凯——凯文，"他说，"凯文·霍金斯。"

"啊，是的。著名的恶魔霍金斯。嗯，在你看到刚才的情形后，你**还**觉得自己是一个真正的恶魔吗？"

"不——不是。"

"的确不——不是！还有**你**，戴着个愚蠢的面具。**你到底是谁**？"

老板低头看地。

"是老——老——老板。"他小声说。

南希深吸了一口气。

"首先,"她说,"把面具摘掉。"

老板犹豫了。

"摘掉,"南希说,"不然我就让天使来收拾你。"

老板按要求做了。他把遮住眼睛和脑袋的牛仔面具摘下来。松紧带反弹了一下,弄疼了他的耳朵,他疼得缩了缩。

"现在,"南希说,"我只给你三秒时间,告诉我你的真名。一……二……"

"亨利·福——福尔斯通。"他喃喃低语。

"大点声!"

"亨利·福尔斯通。"

"啊哈!亨利·福尔斯通有什么不好?是个好名字。你为什么要给自己取这么愚蠢的名字——**老板**?"

"因为我是个坏蛋。"老板咕哝道。

"坏蛋?哈!你觉得这个世界上真正的坏蛋还不够多吗?就算不把像你一样假装自己是坏蛋的傻瓜算进来,你不觉得……"

这个时候，电话铃响了。

南希拿起了电话。

"喂？"她说。

她听着。

"二十万英镑？"她说，"**什么**二十万英镑？"

她听着。她的眼睛里充满了怒火，她怒视着凯文和亨利。

"买一个**天使**？"她呵斥道，"你认为你可以用二十万英镑买一个天使……啊，我明白了，那只是你的第一次报价，是吗？我在跟谁说话？……**大主教**？那么**我**就是示巴女王[①]！我告诉你，我希望再也不要听到这种废话！"

她"砰"的一声挂断电话。

"你们，"她用可怕的声音对那些想要成为坏蛋的人低声说，"准备**卖掉**安吉利诺？"

"是的。"亨利·福尔斯通小声说。

"**大点声！**"

"是的。我们是这么计划的。"

[①]《圣经·旧约》中的一个人物。——编者注

孩子们都惊呆了。

光是想想这样的事，对他们来说就很可怕。

安吉利诺轻声放了一个屁。

"吃巧克力蛋糕！"爱丽丝建议道。

"好主意。"杰克说。

安吉利诺咧嘴一笑。

南希从口袋里拿出锡箔纸包裹着的蛋糕。她把蛋糕撕成了小块，递给大家。当然不给 K 和老板。他们最不配得到巧克力蛋糕。他们仍然怀着对天使的恐惧，紧紧抓着彼此。

南希把最大的一块蛋糕给了安吉利诺。他的翅膀轻快地扑扇着。

"很好。"他说。

他们安静地吃着蛋糕，不时发出高兴的感叹声。

"好吃。"南希说。

她瞪着那两个罪犯。

"我敢说你们两个一定觉得自己很傻。你们以为自己会变得很富有，但现在你们甚至连一块**蛋糕**都吃不到。"

她继续怒视着他们。

"**你们**觉得傻吗？"她跺着脚说，"嗯，你们觉得吗？"

"是的。"他们终于回答道。

"很好！"

杰克睁大眼睛，看着南希。

"我不知道你能**这样**，南希。"他说。

南希沉思片刻。

"我也不知道，"她轻轻地说，"但也许孩子们有时也需要充满怒火的。"

"我们该怎么处理这两个人？"爱丽丝问。

杰克拿起他那被扯断的晾衣绳。

"把他们绑起来！"他说，"拿烂西红柿丢他们！让他们吃狗屎！"

安吉利诺咯咯笑。

"狗屎。"他重复了一遍。

"是的，狗屎！"杰克说，"真恶心！"

然后他拿起一些巧克力蛋糕的碎屑，把它们舔干净。他耸了耸肩。他知道他们不会那样做。

"我们能做些什么呢？"他说。

他看着南希。

他们都在考虑。他们**应该**怎么处理这种人呢？代理校长会怎么做呢？教授会怎么做呢？格朗德警官会怎么做呢？

"蒙特韦尔第老师，"爱丽丝说，"也许会说这两个傻瓜曾经是两个很好的小男孩呢。"

"爱丽丝说得对吗？"南希说，"你以前是好人吗？"

K耸了耸肩。"我不知道。"他说。

"你当然不可能知道。你那时太小了，记不住。但你以前**可能**是很好的。所有男孩生来都是好的！"

"像我一样！"杰克笑道，"我曾经就**很好**！"

"你**现在**也很好，杰克！"南希说。

她对着他微笑。杰克的脸红了。她的脸也红了。

电话铃响了。南希接起了电话。

"喂？请问是哪位？教皇？财政大臣？"

她翻了个白眼。

"哦，你叫巴杰，是吗？"她说，"啊，你是马戏团的，是吗……是的，老板在这儿，但现在由我代表他说话……哦，你有一个特别的**笼子**，是吗？**你认为天使值多少钱？就这些吗？**巴杰先生……啊，你会出更高价。好吧，让我告诉你，巴杰先生，我能一脚把你踢得更高。赶紧滚蛋吧，找点**有意义**的事去做。"

她挂掉了电话。

"你们生活在一个**多么**愚蠢的世界里！"她对这两个骗子说，"**我**想你们应该回归最初。你们回到还是一个小男孩的时候，重新开始。"

"我也是这么想的，"爱丽丝说，"我认为你们星期一应该和我们一起去学校，见见蒙特韦尔第老师。"

"好主意！"南希说，"走吧。"

凯文和亨利迟疑不动。

安吉利诺用眼睛瞪着他们。

"好吧。"凯文低声说。

"好吧。"老板说。

"好吧。"南希说，"现在我们离开这个可笑的地方吧。"

39

他们一群人结队返回,穿过城市的街道,穿过一排红砖房,经过商店、教堂、超市、鱼贩摊和银行,穿过弯曲狭窄的街道,走向城市繁忙的中心。

安吉利诺在他们身后飞着。

凯文和亨利一脸不高兴地跟在后面小跑。

"快点,"杰克说,"**我们跑起来吧!**"

他们穿过今天早上他们碰头的公园。杰克在草地上跳跃回旋,好像他脚下有一个足球,好像他带着球越过了看不见的防守队员。他开怀大笑,满怀着踢球的喜悦,满怀着救回安吉利诺的喜悦,满怀着摆脱了巴舍·马隆的喜悦。他把一个假想的足球踢进了假想的球门里。

"球——进——了!"他喊道,"耶——!"

他振臂欢呼。

南希和爱丽丝也在欢呼、鼓掌。

安吉利诺在灿烂的阳光下振翅飞翔和俯冲。

凯文和亨利在一旁看着。杰克向他们展示了他的巴塞罗那队徽章，他的足球服，他的10号球衣。

"我是里奥内尔·梅西！"他告诉他们。

这两个人看起来很茫然。

他抱怨了一声。

"你们连**他是谁**都不知道，是吗？"他说。

他们耸耸肩，叹了口气。

"里奥内尔·梅西！"杰克说，"里奥内尔·安德烈斯·梅西！他是有史以来最伟大的足球运动员。"

"我对足球了解不多。"亨利说。

"我也是。"凯文承认。

杰克惊呆了。

"对足球了解不多！你们没踢过足球吗？"

"偶尔。"亨利说。

"踢过一两次，"凯文说，"但踢得不太好。"

"**偶尔？**"杰克说，"**踢过一两次？**你们一直在**做**什么？"

他突然转向，又跑了起来。他又进球了，他跳起来振臂欢呼。

"你们星期一去踢球!"他说,"和我们一起在球场上踢球,到时候你们就明白了。球——进——了!"

他们匆匆赶路。

"先去哪儿?"爱丽丝·奥比问。

"去伯特和贝蒂家!"南希说。

"是——的——!"安吉利诺大叫,"耶耶耶!"

40

走出公园，穿过几条街道，经过公共汽车站，他们终于到了售票员路，到了伯特和贝蒂的家门前。

房子里所有窗帘都拉得严严实实的。

"你想按门铃吗，安吉利诺？"南希问。

安吉利诺振翅在空中盘旋，伸出小手按下门铃。没有人应门。他又按了一次。他们都竖起耳朵听。先是没有动静，然后他们听到大厅传来缓慢的脚步声。安吉利诺激动地颤抖着，他扇着翅膀，屏住呼吸。门开了，贝蒂·布朗往门外瞥了一眼，她不敢相信自己看到的情形。

"噢，安吉利诺！"她哭喊道，"伯特！你快过来，看看是谁回来了！噢，安吉利诺！安吉利诺！欢迎回家！"

小天使飞进了她的怀里。

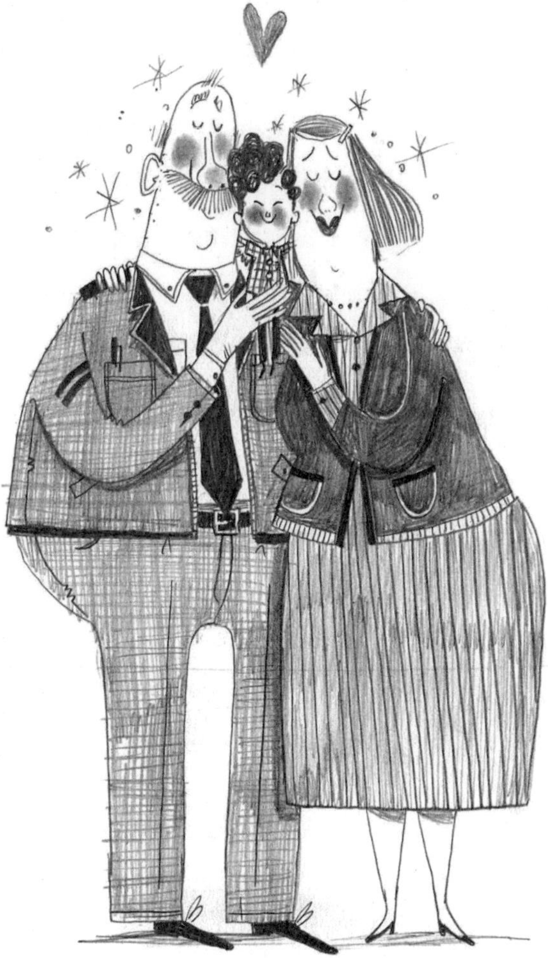

41

所有人都挤在这所小房子里。他们拉开窗帘，让阳光照进来。他们聚在客厅里。贝蒂抱着安吉利诺跳起舞来。伯特站在那里，咧着嘴笑，喜悦的泪水在他的眼里打转。

凯文和亨利在半明半暗的走廊里徘徊。

贝蒂看了一眼，看见他们在那里。

"凯文·霍金斯！"她说，"**你参与这件事了吗？**"

凯文低头看着脚下，开始像个受惊的小男孩那样哭起来。

"**你参与了吗？**"贝蒂说。

"是的，"凯文小声说，"对不起，布朗太太。"

"我很**震惊**！"她说，"我……**大吃一惊**！"

她看向伯特，伯特也惊得目瞪口呆。

"有茶，"她终于开口说，"有茶、蛋糕、奶酪、洋葱馅饼和……"

"宝石糖!"安吉利诺说。

"对,宝石糖和果冻,你们这两个站在走廊里的傻瓜,进来,坐沙发上,别在那儿碍事儿!"

于是,他们都动了起来。他们在桌上摆满了美味的食物,还有汽水和茶。他们一起坐下,吃了起来。他们一起吃啊喝啊,完全忽略了沙发上坐着的那两个人。接着,孩子们告诉伯特和贝蒂他们营救安吉利诺的故事,还有和巴舍·马隆有关的恐怖故事。

"你们两个真是一对**大坏蛋**。"贝蒂说。

"你们三个真是三**剑客**。"伯特说。

贝蒂用餐巾擦了擦嘴唇。

"尽管如此,"她说,"我认为他们不是真的**那么坏**。"

"他们肯定也不是真正的**好人**。"伯特打断道。

"也许不是,"贝蒂说,"但有谁是呢?"

伯特微笑着抓住她的手。

"**你是**,亲爱的。"他轻轻地说。

"傻瓜。"

他们像一对年轻恋人一样彼此对视片刻。安吉利诺在他们的头顶上飞来飞去。南希看着他们,想象着这会是一幅多么美丽的画。

"我们认为他们把彼此引入了歧途,"南希说,"我们认为他们走错路了。我们想或许星期一可以带他们去学校。"

"好主意,"贝蒂说,"可是摩尔夫人会怎么说呢?教授呢?**政府顾问**呢?"

"他们可能会说这很**荒谬**,"爱丽丝说,"但我打赌他们根本不会注意到。他们都被那些重要的教育会议缠得焦头烂额了。"

"蒙特韦尔第老师会张开双臂欢迎他们去她的美术室的。"南希补充说。

贝蒂叹了口气。她想着安吉利诺。她想着保罗。她想着自己对他们的爱有多深。她跟伯特耳语了几句。他惊讶地眨了眨眼。

"你**确定**吗?"他低声说。

"对,伯特。我确定。"

她坐直身子。

"我想,"她对凯文和亨利说,"你们俩都需要一点母爱和父爱。我说的对吗?"

他们没有说话。

"她说的**对吗**?"伯特严厉地说。

"对。"他们喃喃地说。

"的确是,"贝蒂说,"所以我觉得你们俩应该和我们一起过周末。"

他们俩惊讶得倒吸了一口气。他们眼里是含着泪水吗?

"但**在这之前**,"贝蒂说,"你们该向天使道歉。"

他们咕哝着什么。

"**大点声!**"伯特命令道。

"对不起,安吉利诺。"那两个人说。

"**真心诚意**地说!"

"我们非常非常非常抱歉。"凯文和亨利说。

安吉利诺喜洋洋地在空中跳舞。

他放了一个小屁。

"**还有**,"贝蒂说,"是时候感谢这些好孩子把你们从恶魔手里救出来,把你们救出歧途。"

"谢谢你们。"两个骗子说。

伯特瞪着他们。

"谢谢你们。"他们又说了一遍,看起来是真心诚意的。他们确实是,真的。

"很好!"贝蒂双臂抱胸,说,"这样!你们两个傻瓜留在这里。你们俩洗个澡,喝点可可茶,早点睡觉。明天你们给我们讲讲你们的故事。然后,星期一早上,我会带着你们和安吉利诺一起去学校。你同意吗,伯特?"

"同意,亲爱的。"伯特说。

他也双臂抱胸,脸上摆出严厉的表情。

"如果你们两个再惹麻烦,你们就会有大麻烦。**大麻烦**,明白吗?"

"明白,伯特。"凯文和亨利异口同声说。

"明白,伯特!"安吉利诺咯咯笑着,"明白,伯特!明白,伯特!"

他放了个会转调的小屁。

"也许,"贝蒂说,"你们最终会变成体面的小伙子。"

时间一点点过去。天快黑了。

杰克·福克斯又吃了一块宝石糖。

"我爸爸该找我了。"他说。

南希看了看手表。

"还有我妈妈。"她说。

"还有我的,"爱丽丝·奥比表示同意,"该走了。"

他们都叹了口气,却没有人动弹。

"多么奇妙的一天。"南希说。

"奇妙人生中的奇妙一天。"贝蒂·布朗说。

她挨个拥抱他们。

"走吧。"她说。

他们迟疑了下,也抱了抱她。然后他们离开,各自回家了。

42

星期一早上,圣蒙哥学校里。政府顾问科尼利厄斯·纳特坐着他那闪亮的黑色大轿车来了。他从玩耍的孩子们中间穿过。他穿着整洁的灰色套装和锃亮的黑皮鞋,系着醒目的条纹领带。他手里拿着一个公文包,脸上摆着一副有重要事情要处理的严肃表情。

紧张的摩尔夫人在学校门口迎接他,斯梅利教授站在她的旁边。教授也穿了灰色西装和锃亮的黑皮鞋,系着整洁的领带。头发梳得溜光。

"早上好,先生。"摩尔夫人说。

"早上好,女士。"纳特说,"我想你睡得很好。"

"很好,谢谢您,先生。"她回答说。不过说实话,她看起来像是在一间满是怪物的房间里过了一夜。

"好极了!"

教授清了清嗓子。他用手肘轻轻地推了推摩尔夫人。

"我要告诉您,先生,"摩尔夫人说,"我已经把教授提拔为副——副校长。"

"好消息!"顾问回答道。他握着教授的手,说:"恭喜你,斯梅利。任命像你这样的人当领导将会改变我国的教育现状。做得好,摩尔夫人。"

"谢谢您,先生。"摩尔夫人小声说。

她想要挤出笑容,但却倒抽了一口凉气。她浑身发抖。她刚瞥见一个穿着牛仔裤和格子衬衫的天使在操场远处举行的一场足球比赛的现场飞舞着。

代理校长努力使自己镇静下来。她需要尽快把督学带到会议室里。她的膝盖在发抖,她的嗓音在颤抖。

"请往这边走,"她轻声说,"克勒德老师已经为我们准备好了会议室,还有……"

她无法挪动脚步。她简直不敢相信自己的眼睛。霍金斯也在那里,和足球运动员一起疯跑。那是他。她很肯定。

"那里会有咖啡,"她努力找话说,"会有……"

"好极了!"纳特说,"请带路,女士。"

她还是动不了。

"我真的很喜欢你的西装，斯梅利，"顾问对教授说，"这正是这些有点野蛮的孩子和他们无能的老师需要看到的。他们需要值得尊敬的东西、值得向往的东西、能帮助他们超越他们狭隘的生活层面的东西。"

教授的脸红了。他微微一笑。

"摩尔夫人？"顾问说。

她正凝视着外面的操场。是霍金斯。他弯着身子，撅着屁股。还有天使……

"摩尔夫人！"顾问又说。

他也看到了她正在看的情形。

"那个男孩，"他说，"似乎比其他学生的年龄大些。"

"凯文长得快。"她低声说。

"他究竟在**干什么**？"教授说。

"我想，"摩尔夫人小声说，"他在表演《东方三圣》。"

他们三个人透过玻璃门向外望去。他们看到一个天使在那个弯着腰的男孩上方飞翔。他们看到那个天使在半空中弯下腰，撅起屁股，模仿那个男孩。他们听到天使下面的孩子们的哄笑声。

摩尔夫人、斯梅利教授和科尼利厄斯·纳特什么都没有说。

他们静静地站在那儿。

他们久久、久久地凝视着一片虚空，那里没有哄笑的孩子们，没有放屁的霍金斯，也没有天使。

然后，萨曼莎·克勒德来叫他们。

"这边请，"她说，"里面有咖啡和饼干，还为你们准备了舒适的皮椅。"

他们跟着她走向一扇大门，门上贴着一则通知：

正在进行
至关重要的教育会议
请勿打扰
孩子们请绕行

他们走了进去。不去管操场上的那些事和那种虚空感，还是挺好的。没错，这里看起来非常干净舒适。这里有一张漂亮的大书桌和可爱的软皮椅。这里有钢笔、铅笔和纸。墙上挂着一张首相和他妻子的合影、一张女王的照片。还有一张教育部长的照片，那是一个长得相当英俊的名叫纳齐苏斯·斯普里恩的家伙。顾问侧身看了一眼斯普里恩的照片，内心充满了崇拜和野心。那是**他**，科尼利厄斯·纳特，所向往成为的人，下一个斯普里恩，下一任教育部长。除此以外呢？他情不自禁地看向首相的照片……

"请自便。"萨曼莎·克勒德说。

他们那样做了。斯梅利和科尼利厄斯·纳特满脸骄傲地坐了下来。

可怜的摩尔夫人颤巍巍地坐在椅子上。

萨曼莎轻轻地关上了他们身后的门。

43

"小事一桩!"蒙特韦尔第老师说,"看来他们没看到你。即便看到了,他们糊里糊涂的也不会信以为真。往这边走,去美术室,孩子们!"她领着孩子们往美术室走去。

萨曼莎·克勒德挡在他们前面。她指着凯文。

"这是**我想**的那个人吗?"她厉声说。

"我不知道你想的是哪个人,"蒙特韦尔第老师说,"我不知道你那非常奇怪的脑袋里**有什么**想法。这位年轻的先生,实际上是凯文·达·芬奇,来自遥远的温暖的南部的著名艺术家。我说的对吗,达·芬奇先生?"

凯文紧张地吸了一口气。南希捅了捅他。

"我还以为你是伪装大师呢!"她嘘声道。

"是的,对的!"凯文脱口而出。他自己都感到惊讶。在听到自己说的话之前,他都没想到自己会说出这样的话来。"还有这是,"他朝亨利转过头说,"是我的同事,亨利·毕加索先生。你可能听说过他?"

"没有。"萨曼莎·克勒德说。

"那,"凯文说,"是你的不幸。我们受欧洲艺术家联盟的委派,专程到这所学校来画这个小天使。"

"什么?"萨曼莎说,"那个长翅膀的蠢东西?"

"哦,女士,"凯文说,"你在贬低这个美丽而独特的生物。你没有意识到这个吗?"

"**我没有**。"萨曼莎·克勒德说。

她一步也不退让。

亨利·毕加索走上前去。

"女士,"他温柔地说,"有人说过你外形很像古典女神吗?"

"我?"校长秘书说。

"是的。你。你让我想到了一幅画作,用意大利干酪和……"

"开胃菜!"达·芬奇暗示道。

"是的,"毕加索很赞同,"极品的开胃菜。女士,如能为你画像,我乐意之至。"

萨曼莎·克勒德眨了眨眼睛。

"我？"她低声说，"我，萨曼莎·克勒德？"

"是的，女士。**你**！"

萨曼莎的脸变得柔和了。

"什么时候？"她问。

"当然是今天！"毕加索说，"除非你手头有其他更重要的事。"

萨曼莎朝着"至关重要的教育会议"的会议室看去。

"好吧……"她说，她沉思片刻，"我需要弄弄头发，再化点妆……"

"就你现在的样子吧，"毕加索说，"你看起来已经非常好了。"

她脸红了。

"好吧。"她轻声说。

"好极了！"凯文·达·芬奇说，"蒙特韦尔第老师，去美术室吧。"

于是，他们都往前走，天使在他们头顶欢快地飞舞，一齐进入了明亮的美术室。

他们把画布放在画架上。他们把大幅画纸铺在长

桌上面。他们找来各色颜料、木炭棒和各种硬度的铅笔，还有黏土和橡皮泥，他们系上围裙坐在高凳和旧式木椅上。从他们走进来的那一刻起，这个宽敞的房间就成了一个可爱的大杂烩，其中有各种颜色、各种形状、在光线下飞舞的灰尘、被称为孩子的生物、被称为成人的生物，还有一种被称为天使的特殊生物，他在上空围绕着他们飞翔，似乎也在他们的内心飞翔。

校长秘书慢慢地变柔和，轻声感叹，面带微笑，好像她正变成另外一个不同的萨曼莎·克勒德。她坐在一个高凳上，毕加索让她往这边转，往那边转，那样照在她头发上的阳光会在她的脸上形成一个光环。当亨利忘我地观察她并努力在画纸上画她时，他也变得很美。房间里的每个人都感受着创作带来的复杂的快感时，他们都变得很美。

凯文·霍金斯凝视着一面镜子。他在画自画像，就像多年前他在上幼儿园小班时，在美丽的格林老师的课上那样画自己。他画了一系列的画来追溯自己的过去，他画了白头发白胡子的坏蛋，也画了一身黑的首席督学。他画了那个跟不开心的父母待在压抑的家里的忧郁沉默的男孩。他画了那个带着硬纸板太空船和叫希德的宇航员的、对梦想充满向往的男孩。他画了那个在马棚和耶稣诞生场景上方张开翅膀放屁的天使。他画了自己婴儿时的模样，像所有宝宝一样甜美，躺在面带微笑的妈妈的怀里。他很快画完这些画，把它们挂起来晾干，接着开始画现在的自己——只是凯文·霍金斯，一个看起来介于男孩和男人之间的人，一个正在长大并且逐渐了解自己的男孩。当他观察并画画时，他发现自己内心仍然有这些影子——婴儿、

天使、宇航员和各种伪装的形象。他画着画，心中充满喜悦。

很多孩子都在创作天使作品。他们用橡皮泥和黏土捏他的模型。他们画他飞行和休息的样子。他们画出了他的翅膀的精致可爱和羽毛的细小纤维。安吉利诺为他们表演，起起落落，翻腾转弯，舞蹈飞腾。然后他停下来休息，好让他们看清楚他，然后他又开始飞。

他们忙着画画的时候，蒙特韦尔第老师在一旁唱歌。那是一首意大利语的曲子，很动听。她用亲切甜美的声音激励、暗示、表扬、指正大家。"这些花瓣真好看。阿里，**好极了！**我觉得那里要加点黄色。天啊，没想到你可以做到！那里要这样画，要那样画——

噢,是的,好孩子,**完全正确!**"

很快,其他孩子也陆续来了,有其他课的溜号者,也有资优教育课的逃兵。他们打开门,四处张望,走了进来,原本只想停留一两分钟看看小天使,但在蒙特韦尔第老师亲切的鼓励下,他们留了下来,他们系上围裙,拿到画布、纸、橡皮泥、黏土和颜料。

老师们也被阳光明媚的美术室吸引了。也许他们没有课要上,也许他们是出于好奇,也许他们是来找那些溜号的学生,但和孩子们一样,他们也深受吸引,留了下来。他们描绘天使,他们描绘彼此,他们描绘眼前可见的屋里和窗外的世界,他们也凭着记忆和想象描绘其他世界。他们创作了长着角和翅膀的生物、仙女、公主、食尸鬼,还有长了五条腿七只眼的外星人。

蒙特韦尔第老师继续来回走动、唱歌、赞美。

"动脑子画画，"她轻轻地说，"用心画画，从你们的血液和骨子里创作形象。"

他们创作了教授、老师、大主教、骗子和牧师的形象。他们创作了世界上那些和巴舍·马隆是同一类人的形象——粗野、半阴暗而且可怕。他们创作了像他们自己一样可爱的人物形象。

他们创作了宇宙——看不见的月亮以及看不见的星星，假想的其他世界和星系。

他们用油画、素描和模型填满了整个房间。他们把它们挂在墙上和天花板上。他们把它们放在板凳和架子上。随着上午慢慢过去，他们创作时更加自由、更有激情、更加快乐。房间开始看起来像现实世界一样成为一个独立的世界，一个美好、富有变化、形形色色、混乱的世界。这个世界里充满了人、完成的作品、半成品和事物的线索，以及有想象和创作余地的空白和空间。

课间休息的时候，有的孩子到外面像小野兽一样奔跑，有的去图书馆看书，有的在闲聊胡侃，有的在玩游戏或者踢足球。然后，他们又回到美术室。看来，在这个奇怪的早晨，学校的课程表已经失效了。没看到教授、顾问和代理校长的踪影。没有老师朝着孩子们大吼着说他们应该待在哪里，相反他们都被允许去美术室。蒙特韦尔第老师和小天使、救出安吉利诺的孩子们、偷走安吉利诺但现在改过自新的孩子们全都精神焕发，使这个房间熠熠生辉。有时房间里的孩子们不由得摇摆、舞动，阳光洒在他们身上，闪着光的灰尘在他们周围飞舞，有时候似乎他们也几乎要飞起来了。

课间休息结束没一会儿，一个害羞、迟疑的身影出现在美术室门口。是代理校长摩尔夫人。

南希看见了她，和爱丽丝·奥比走到她面前。

"你还好吗，老师？"她问。

"还好。"摩尔夫人说。

"你确定吗，老师？"爱丽丝说。

摩尔夫人注视着这两个一脸关切的孩子的眼睛。

"我从会议中溜出来上厕所。"她解释道，她停顿了一下,"我觉得我不想再回去了。"

"没关系,老师。"南希说。

"我觉得,"摩尔夫人轻声说,"我不想再当代理校长了。"

"没关系,老师,"爱丽丝说,"你不必勉强自己成为自己不想成为的人。"

"你可以来这里加入我们和安吉利诺。"南希说。

"我可以吗?"

"当然可以。我给你拿条围裙。你想画油画、素描,还是玩黏土?"

"我不知道。"摩尔夫人说,然后,她顿了顿,笑了笑,变得温和,"不,我知道我想做什么。我想用黏土做一些动物。我还是个小女孩时很喜欢那个。"

"我会给你一些黏土,老师,"南希说,"过来和我坐在一起吧。"

于是,代理校长动手做起了手工,起初有些犹豫,但南希和爱丽丝在一旁鼓励她。

"你可以做到的,老师。你知道你可以的。"

摩尔夫人面带微笑地看着她又脏又滑的手指在一

块黏土上移动，开始摸索、摆弄、揉捏并塑形。她看着手中初步成形的小猫，开怀大笑起来。

安吉利诺在她身旁飞来飞去。

"啊，对。啊，对。姑娘。"他说。

"你好，安吉利诺。"她说。

他落在她的肩头，开始唱起歌来。他唱的歌词没有人知道，但可想而知，一定非常美丽、非常温柔。

44

政府顾问和教授正看着窗外。他们的视线穿过操场，投向美术室。

"混乱。"斯梅利抱怨道。

"嘈杂。"纳特冷笑道。

"一片混乱，一团糟……"

他们听到了午餐铃声。他们这个位置也可以看到餐厅。他们看着孩子和老师们拥进餐厅。他们看着他们用餐。他们看到贝蒂·布朗在桌子间穿梭，手里端着热气腾腾的大罐子，把黄色的液体倒入大家的碗里。

"蛋奶糊。"斯梅利说。

"蛋糕。"纳特说。

"看看他们有多兴奋？"

"是的。啊！看，和他们一起的是摩尔夫人吗？"

"看看她是怎么把蛋奶糊端到嘴边的。看看她怎么舔的。"

"这是代理校长应有的行为吗?"

"她和那些孩子们一样糟。"

"看,那是……噢!那个……东西在她的肩膀上。"

他们一起注视着安吉利诺。他们一起凝视着空气。

"看这些荒唐事没有好处。"纳特终于说。

"没有,先生。"教授说。

"叫我科尼利厄斯。"纳特说。

"谢谢你,科尼利厄斯。"

"你叫什么名字?"

"塞西尔。"

"塞西尔·斯梅利。与教授的身份很配的名字。"

"谢谢你,科尼利厄斯。当然,在我年轻的时候,这个名字确实给我带来过一些麻烦[1]。"

"啊,我都知道。受欺负吗?"

"多多少少。"

"我们都必须克服这些事情。"

"的确如此。我们是成年人了,不是吗?"

---

[1]在英格兰,曾有一名知名的男性助产士,叫威廉·斯梅利,与书中的教授同姓。男性助产士曾长期遭受人身攻击,是很多讽刺漫画中的反面形象。教授年轻时遇到的麻烦,大概与此相关。——编者注

"的确如此。我们要使混乱的地方恢复秩序。"

"哪里有冲突,我们就给哪里带去和谐。"

"是的。"

"是的。"

"关上百叶窗,塞西尔," 科尼利厄斯·纳特说,"像我们这样的人最好不看这些事。"

"是的,科尼利厄斯。那样会更好。"

于是,塞西尔·斯梅利关上了百叶窗,阳光被遮挡在外,他们待在暗处继续着他们重要的工作。

45

待在暗处的人可不止政府顾问和教授。

如果我们往学校大门外看,在马路对面的小公园的另一边,一座黑暗的楼房的阴影里藏着一个深黑色的影子。

是他吗?是,肯定是!那个恶魔——巴舍·马隆。

奇怪的是,他站在那里看起来并不太吓人。看看他垂着肩膀,耷拉着脑袋的样子。他看起来很伤心。可能吗?一个悲伤孤独的巴舍·马隆?

当然可能。

也许他会喜欢参加艺术创作,也许他会喜欢吃蛋奶糊和蛋糕。也许他更愿意成为天使的朋友,而不是把天使吃掉。也许他会想回到小时候,重新当一回学生。也许他……

哦,看,他转身要走。看样子他要回到黑暗的街道上他那个黑暗的房间里。奇怪,我有点同情他,你呢？也许即便是巴舍这样看上去丑陋恐怖的人也能够变好。也许会有一个故事专门讲这件事——《巴舍·马隆的救赎》，这是个不错的书名。也许会有一个天使飞进巴舍的口袋，又或者某个早上他会在他那双软底大靴里发现一个天使。

也许任何人，就算是这个世界上的巴舍·马隆们，都可能会偶遇一个天使，然后变成一个更好的人。也许他还没准备好参加蒙特韦尔第老师的美术课或者喝贝蒂·布朗做的蛋奶糊，但是也许有一天……

好吧，这不是这个故事的内容，但也许你可以去讲述它。

46

正在进行
至关重要的教育会议
请勿打扰
孩子们请绕行

    在阴暗的房间里，会议差不多要结束了。时间过得多快啊！斯梅利和纳特甚至没时间吃饭。但是他们已经做出了重大的决定。

"那么，"科尼利厄斯·纳特说，"我们把我们的决定一一列出来。"

"好主意。"塞西尔·斯梅利说。

"那么，总结一下。"

·斯梅利教授即日起出任校长

·解雇摩尔夫人

·每天提前一个小时上课

·取消美术课

·取消上午的课间休息时间

·午休时间将缩短 15 分钟

·禁止做蛋糕和蛋奶糊

·禁止进行与公共汽车相关的项目

·禁止学生说"莫事情""啊，对"和使用双重否定

·所有男生必须穿西装打领带，皮鞋要擦亮

·男教师穿着同上

·所有女生必须穿连衣裙和合适的凉鞋

·女教师穿着同上

·所有学生都将接受拼写、语法、标点符号、综合语言等方面的测试

……

但我们不需要知道所有冗长无聊的决定,不是吗?我们都知道他们会在非常重要的又漫长又无聊的会议上做出什么样的决定,不是吗?我们继续。

斯梅利自豪地握着手中的决定列表。

"我们忘了一件事,科尼利厄斯!"他突然说。

"是吗,塞西尔?"

"天使,先生。"

"啊,是的,天使。这很简单。禁止谈论天使。有关天使的书籍即刻从图书馆和教室的书架上撤走。"

"好极了!难怪你能当政府顾问,先生。"

"谢谢你。我会尽快把你,西塞尔·斯梅利,介绍给纳齐苏斯·斯普里恩先生。还有,或许你愿意和首相夫人共进午餐?"

"万分愿意,科尼利厄斯。"

两个人惺惺相惜地相视而笑,握了握手。

"我们出去吧,"塞西尔说,"公布会议的结果。"

"当然。"

他们走出房间,但是在房间外面,一切出奇地有秩序,出奇地安静。也许这就是他们心目中理想的学校。

孩子们,还有其他人,全都走了。

47

斯梅利和纳特在阴暗的房间里进行"至关重要的教育会议"时错过了很多……

贝蒂把最后一滴蛋奶糊倒入一个可爱的小男孩的碗里。安吉利诺突然兴奋起来。他高兴地尖叫着飞到了餐厅的窗户上。外面停了一排红色的大型公共汽车,最前面那一辆公共汽车的司机,当然是伯特伦·布朗先生。

"是伯特!"贝蒂说,"看!那是司机队长奥利弗·克拉布。"

是的。奥利弗·克拉布从他的驾驶室走出来,他穿着熨得整整齐齐的队长制服,戴着漂亮的队长帽,自豪地朝门口走来。跟在他身后的是其他司机组成的快乐小团体——伯特、伯特最好的朋友山姆、鲍勃·布伦金索普、可爱的莉莉·芬尼根,还有英俊的拉吉·帕特尔。

摩尔夫人和萨曼莎·克勒德相互看着彼此。

她们应该怎么做呢?

摩尔夫人擦掉手上的黏土,走到门口迎接他们。萨曼莎紧随其后。

"你好,女士,"奥利弗·克拉布说,"我是司机队长奥利弗·克拉布。"

"我是代理校长摩尔夫人。"

"很好!我给你们带来了一件礼物。"

"礼物?"摩尔夫人说。

"是的,没错,"奥利弗·克拉布说,"为了庆祝天使来到我们镇上,公共汽车公司决定为天使和圣蒙哥学校的所有人提供一下午的免费旅游。"

他笑容可掬。

"那么,"他说,"你愿意把孩子们集合起来跟着这些优秀的司机上车吗?"

"就那样吗?"摩尔夫人说。

"是的,女士。就那样!"

摩尔夫人和萨曼莎·克勒德又对视了一眼。

她们发现南希、杰克、爱丽丝和蒙特韦尔第老师都站在她们身旁。她们发现安吉利诺在她们的头顶上飞翔。她们发现自己笑得越来越开心。

"那太好了！"南希说。

"非常感谢你，克拉布先生！"爱丽丝说。

"你们会发现每辆公共汽车上都准备了蛋糕和汽水，"奥利弗·克拉布说，"给大家助兴。"

"我们可以称它为一个实验性的学校项目。"蒙特韦尔第老师提议道。

"是的，"摩尔夫人说，"公共汽车和天使和……"

"孩子和厨师和司机和……"

"蛋糕！"安吉利诺唱道，"蛋糕！"

他朝伯特飞去并落在他的肩上。

"非常好！"摩尔夫人说。她望向那扇窗帘拉得严严实实的窗户。"但我们必须悄悄地离开，"她说，"我们不想打扰至关重要的会议，对吗？"

事情就这样发生了。摩尔夫人、蒙特韦尔第老师和萨曼莎·克勒德从餐厅、操场、教室和图书馆里把所有孩子、老师、助教、帮工和清洁工集合了起来。他们领着大家蹑手蹑脚地经过会议室，穿过走廊，走出教学楼，穿过学校的大门，走向停在外面的公共汽车。

很快学校就空了，可爱的红色公共汽车都坐满了，刚好能容纳所有人。克拉布先生带领大家各就各位，然后，他坐进自己的驾驶室，发动引擎，朝伯特、山姆、鲍勃、拉吉和莉莉竖起大拇指。

伯特，驾着他那辆可爱的红色公共汽车，他的肩膀上坐着天使安吉利诺，他的好妻子贝蒂坐在他的身后，他带领着这支快乐的队伍离开了学校。

整个下午，他们穿过城市，经过村庄和小镇，越

过绿色的山丘，路过白色的海滩和玉米随风摆动的玉米田。微风吹拂，海水粼粼发光，人们朝他们挥手，鸟儿飞翔，狗儿奔跑，还有飞机从头顶掠过。地球一如既往地不停转动，太阳照旧沿着神奇的轨迹在我们的上空照耀。公共汽车载着身上沾了黏土、溅了颜料的人们前行，他们吃着蛋糕，喝着汽水，唱着可笑的歌、欢快的歌。安吉利诺有时在一旁看着，有时加入其中，他很高兴他出现在一个公共汽车司机的口袋里，从而来到这么可爱的世界上。

48

像每一天一样，这一天就要结束了。像所有的故事一样，这个故事也快要结束了。

公共汽车空了。大家都回家了。伯特和贝蒂从公共汽车站一起走向他们在售票员路的温馨小家。

安吉利诺握着他们的手，在他们俩中间荡来荡去。

贝蒂乐得呵呵笑："安吉利诺，你现在有些分量了，小伙子。"

这是真的。安吉利诺比原来高了些，重了些。能让他停留在空中的不是他的翅膀，而是伯特和贝蒂充满爱意的手。

他们都笑了。

伯特和贝蒂把他紧紧攥在手里，让他荡得更高。

他很喜欢这样。

"再高点！"他大喊，"再高点！再高点！再高点！"

他们把他荡得高高的。

"还要!"他大喊,"还要!还要!还要!"

"真是个孩子!"贝蒂说。

"真是个孩子!"伯特附和道。

"再高点!再高点!"

在家里,安吉利诺吃了面包、果酱和几块宝石糖作晚餐。他还喝了一小杯牛奶。他伸了伸懒腰,打了个哈欠,他的翅膀也疲倦地轻轻颤动。

"可怜的小伙子,"贝蒂说,"你累坏了。"

他们把他抱上床,换上睡衣,让他躺在保罗照片下方的保罗的床上。

贝蒂和伯特坐在床边。

伯特开始讲小美人鱼的故事。

安吉利诺边听故事边幸福地感叹着。

当故事结束时,贝蒂把灯关掉。

"晚安,儿子。"他们俩低声说。

"晚安,"安吉利诺轻声说,"晚安。"

那天晚上,他们都睡了很久,香甜得连梦都没做。

第二天早上,还没换掉睡袍,贝蒂就去叫安吉利诺起床。

"起来啦,小懒虫。"她轻轻地说。

他在晨光中向她微笑。

她把他抱起来,搂进怀里。他又长大了些,一切都不一样了。

贝蒂低头从他的肩膀往下看。安吉利诺的翅膀脱落了。它们就躺在他睡觉的床上。

"安吉利诺!"她倒吸了一口凉气,"伯特,过来看看!"

安吉利诺咯咯直笑。

"早上好,妈妈,"他说,"早上好,爸爸。"

这一切都发生在几年前。当然,伯特和贝蒂保留了那对翅膀。他们用柔软的白纸把翅膀包好,放在一个精致干净的木盒里。有时候,他们会从木盒里拿出翅膀,轻轻抚摸,深情凝视,以提醒自己安吉利诺过去的样子——在他变成一个普通的可爱的小男孩之前的样子。

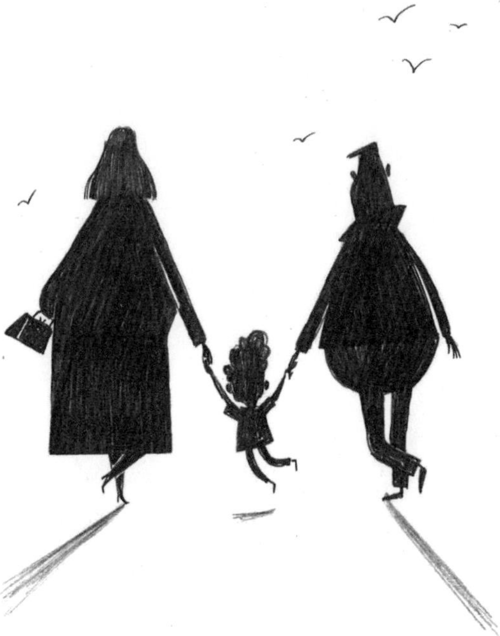